U0544442

何为好
为何写不好，如何能写好

HOW TO WRITE WITH SPONTANEITY AND CONTROL
AND LIVE TO TELL THE TALE

Alice Mattison

[美] 艾丽斯·马蒂森 著

王美芳 李杨 傅瑶 译

目 录

引　言

Introduction

打扰一下，我们是否在哪儿见过？

Excuse Me, Don't We Know Each Other?

也许你就是那位坐在咖啡店角落里的女士，盯着笔记本电脑的屏幕出神一阵之后开始飞速敲打键盘，如此反复。抑或你是那位用黑色墨水笔在行距狭窄的笔记本上奋笔疾书的男士，翻页时我看到了纸上密密麻麻的字。

至于我呢？我就是那位顶着一头杂乱灰发的女士，因为情不自禁地想从身后看一眼你写的内容，而差点儿把咖啡泼到你身上。你写的是短篇小说？长篇小说？还是自传呢？虽然我的笔记本、电脑或手稿里保存着自己的故事，但我还是忍不住想偷偷看一眼你写了什么。

多年来，我一直阅读、写作并从事写作教学的工作，至今依然乐此不疲。也许在作家读书会的最后一天，当我超负荷思考、讨论、阅读了堆积如山的小说，并连续听了数小时的诵读后可能会冒出这样的念头：“是时候停下来了！”但一两天之后，我就会故态复萌。最近，我写了一本有关写作的书，主要针对小说写作，但我希望这本书对回忆录作家也有帮助。因此对于本书的内容，读者可以根据自身需要酌情阅读，有的部分可以略读或跳读。

若要写一本以写作为主题的书，总能更好领悟写作这件事。我在创作本书的过程中对下述问题有更清晰的认识：如何设置长篇和短篇小说中的情节，如何通过修改使其更加完善，如何在创作中少走弯路，等等。多年来我一直在思考这些问题，也希望读者能有所收获。然而照搬规则并不是理想的创作状态，好的作品既需要作家自由大胆地挥洒强烈情感、直抒胸臆，同时还要保持情绪稳定，不卑不亢、不故步自封，以理性和批判性的眼光审视自己的作品。多年来的这些思索和总结促成了本书。

作家需要有清晰的思路，以便在创作中明确哪些地方需要改进，又有哪些元素值得保留。但拥有清晰的思路不是那么容易的，你可能需要一些帮助：写作过程中都要考虑哪些东西？如何从阅读中获取创作经验？如何善用自己的大脑进行思考和创作（这将是你受用一生的能力）？还有，你需要勇气，需要鼓励——并不仅仅是提笔创作的勇气（因为我知道，你已经动笔写了），还有另辟蹊径、尝试新方法的勇气。

如果你是初试身手的新人，可以先把这本书放到一边。埋头创作就好！不用理会任何写作指导！因为这并不是一本写作教程，而且我个人也认为光靠阅读教程是学不会文学创作的。这本书只是一位女性关于写作的一点思考。我的理想读者是和我一样的人——不仅有创作的冲动，而且已经转化为实践，你的创作积累已经足够写出一部甚至是多部值得一读的作品。另外，本书的目标读者可能还包括那些拥有过失败经验的作家。不论作品出版与否，他们已经在这行浸淫良久，有了些经验。

作家与非作家之间的界限逐渐模糊，不像过去那么泾渭分明。如今的作家往往身兼数职，为生计而劳碌，为友谊、爱情分心，为孩子或年迈的父母奔忙，也许还被身体顽疾所累。由于无暇写作，只能忙里偷闲，但他们分外认真，而且颇具天赋。本书不仅面向那些已有作品出版或者正在接洽出版的职业作家，也面向那些产量不高的半职业作家，他们可能只有几部短篇作品，至多只在杂志期刊上发表过。也就是说，本书中所指的作家身份多元，可能是艺术硕士在读生、毕业生以及有意申请该学位的人，也可能是自由创作的文学爱好者，他们的作品只与朋友或大学创作工坊、作家活动中心、退休中心的伙伴分享，甚至只是在朋友家的聚会上读上一段。

我也教小说写作的课程，教过的学生有硕士生、本科生、作家研讨会的参会者，以及那些加入我私人读写会的朋友们。读写会每周举行一次，已经连续办了十三年，通常在我家阁楼。

当有坐轮椅的朋友参加时，我会把地点改在厨房。他们的生活境遇各不相同，有些人的作品得以出版且广受欢迎，有些人在杂志上发表了一些短篇小说，有些人的作品在网络上人气颇高，还有人在社区大学或全日制大学里讲授写作课程。当然，也有人牺牲了部分写作时间来工作赚钱、照看孩子或处理生活琐事。

我所认识的作家在写作时都面临着差不多的困难，这也正是本书要尝试解决的问题。有的人太过执着于写作规则和技术规范，无法容忍杂乱无章的创作状态——而这正是写出一部好小说所要经历的必然阶段——不妨先让自己坠入梦境，非理性地写出一些看似混乱的东西，一段时间之后再逐渐整理捋顺。但有的人又太过随心所欲地发挥，最后会因为文字过于混乱而难以做出修改，难以合理调整结构和情节。也有人缺少自信，压根儿没有勇气讲出自己想讲的故事。

我真正开始小说创作的时间较晚，一部分原因是我不知如何开始，也不知如何修改，更主要的是我很忙，忙于工作、孩子，忙于非小说写作——不过这些小插曲对我来说也没什么值得遗憾的——还有身体方面的原因，我的眼睛出了点毛病，对写作造成了一定困扰。

年近五十，我才开始构思自己的第一部长篇小说，在这之前我都在写诗歌和短篇小说。我曾拜读过《成为小说家》，作者约翰·加德纳在界定新人作家时往往使用男性人称代词“他”，并经常用“年轻的”作为修饰。可见，时至今日我们依然没有摆脱传统的思维定式，新人作家就应该是那种长相粗犷又充满自信的年轻男性，身穿法兰绒衬衫，脚蹬一双旧皮靴，待在教室的角落里，却以热情动人的短篇小说震动文坛。他无须考虑生活中的实际问题，还不会因此遭受指摘，写作之外的琐事往往都交给了他耐心的妻子，有时候这位妻子还要赚钱养他。男作家则饮酒作乐，骑摩托车兜风，可能外边还有个情人，而且吃喝玩乐之后他才抽空写写东西。我这本书也是写给“妻子”们的——厨房抽屉里的擦碗布下面可能就藏着她们非常有潜力的写作手稿。不论你是男是女（或是其他性别）、单身还是已婚，假如你本来的生活已经十分复杂——各种人际关系、不可推卸的责任、来自外界的干扰、来自内心的质疑、可能会从天而降的灾祸——而你仍然想要从琐碎繁忙的日常生活中挤出时间来写作，我只能说：我也没有答案，但你可能多少需要一些所谓的“自私自利”。对此，我自己的一些人生经历，抑或我从作家和教师生涯中的所感所想，可能会对你有所帮助。

我本科就读于纽约市立大学皇后学院英语专业，1962 年毕业之前，我得搭火车和公交车往返于学校和父母家——那所位于布鲁克林区的小公寓。后来，我考取了哈佛大学的硕士，修读十六、十七世纪文学，主攻诗歌。本以为自己会成为学者，闲暇时再写写诗歌，但搞研究非我所长。硕士毕业后我找到了一份比文学研究更令我向往的工作，那就是在康涅狄格州的一所社区大学里讲授说明文写作。那时，我住在纽黑文，刚和爱德华结婚，当时的他还是耶鲁法学院的学生。爱德华毕业后，我们搬去了加利福尼亚的莫德斯托，因为他受雇于一个服务外来农场工人的州级项目，做了法律援助律师，而我在另一家社区学校继续教写作。那时正赶上越战，我们有时还会驱车前往旧金山参加反战游行。第一个孩子出生之后，我只好辞职在家照看孩子。那些年里我一直把自己看成作家(准确地说是诗人)，尽管几乎没时间动笔。我间或写一些零散草稿，但始终没有真正意义上的作品问世。

大儿子四个月大的时候，因为爱德华去了同一项目的另外一个办公室，我们又举家迁至索诺玛县，当时住的房子旁有一棵红杉树。大儿子出生的头一年里，我常穿着污渍斑斑的睡衣喂奶，然后匆匆洗个澡，换套衣服，再把孩子放在后背上的婴儿包里去遛弯。每天照看孩子使我焦头烂额，无暇顾及其他，连洗衣服都是个问题。洗衣机和烘干机在地下室，到那里要经过一条长长的室外楼梯道，因此我不能把孩子单独留在屋里去地下室洗衣服。孩子睡了也不行，因为地下室听不到他的声音。孩子特别小的时候，我还可以将他放在脏衣篮里的衣服上，一并提着去地下室。但一岁之后，篮子已经装不下他了。那时我意识到，如果能雇个临时保姆看孩子就好了，我就可以在地下室做点别的——一边洗衣服，一边写作。随后，我就把便携打字机拿到那儿了。

我请了个年轻的女保姆带孩子，每周两次，每次两小时。在地下室写作的同时，我还能听到头顶上儿子跑来跑去的脚步声。衣服洗了，我也有更多时间写作了，一举两得。有一次，我在洗衣机里发现一只死老鼠，还把这件事写成了一首诗。在那之前的几年，我连浪费十几秒都会愧疚。但从那时候起，我学会了如何从紧张生活中挤出时间写作，终于摆脱了那种没有时间的焦虑。我在公立图书馆找了出版诗歌的杂志名录，按照地址寄出了自己的诗，有一首被选中发表了。地下室时光改变了我的生活，文学创作就这样自然而然地成为我生活中的一部分。也是从那时起，我认定自己能成为真正的作家。今天，我的梦想也变成了现实。

为人父母之后，爱德华和我都想搬到离亲人近一点的地方。我倾向于城市，因为在那儿我可以推着婴儿车带孩子一起去广场上玩，就像小时候在布鲁克林妈妈带我玩一样。于是我们搬回东部，再次定居纽黑文。爱德华继续做法律援助律师，而我仍是全职主妇。几个月后，我的写作欲望愈发强烈，随后我们加入了互助式日间育儿中心，在那里，大部分工作都由家长分担。那时正值二十世纪七十年代初，蓬勃发展的女权运动给生活各方面都带来了影响，父亲和母亲一样，也要每周在育儿中心工作四小时。我们的大儿子每天在那里度过四小时，后来两个小儿子也送去了，以便我能够有时间写作。几年之后，我甚至还可以在写作之外挤出时间兼职教课。不过直到现在我还是不太能接受一件事——把孩子送到育儿中心以便空出时间写作，但我却只发表了一首诗，拿了寥寥35美元的稿费。

做出这样的决定绝非易事。我猜很多人会觉得我懒惰又自私——丈夫每周仅有的休息时间都消耗在日间育儿中心，不是跟孩子做游戏就是给他们换尿布。这样我才能挤出时间做最重要的事情——在家写诗。我从未奢望成为一名成功作家，毕竟那段时间我只发表了一首诗，可能再用三年我才能发表第二首，再用九年才能出版第一本诗集。大家认为我既懒惰又自私也在情理之中。但我其实并不懒惰（毕竟写作确实是一项艰辛的工作），不过我承认自己是一个比较自我的人。相反，丈夫却成为旁人眼中的楷模，这倒也实至名归。我认为他同意加入育儿中心也有自己的小盘算。显而易见，如果我没时间写作，就会越来越单调乏味，跟我在一起生活会变得没有乐趣可言。此外，他也很享受跟孩子们相处的时光。身为父亲，他内敛含蓄，但在二十世纪七十年代的浪潮中，父亲突然要更深入地参与家庭生活。那个日间育儿中心教会了他融入家庭并与孩子和乐相处。在家带孩子的全职主妇/主夫经常问我，如何才能挤出时间写作，我告诉他们要鼓励配偶参与并分担家务，如果配偶不愿意，或他们没有配偶，也尽量谋求其他途径减轻家务负担，活出自我。

小儿子出生后不久，我开始创作短篇小说。得益于发表过几首诗歌积累的些微名望，我从家附近那所曾经兼职过英语教师的大学得到了一份工作，讲授创意写作课程。为满足学生需要，我起码要大致了解如何创作小说。那段时间里我曾做过一个梦：打开衣柜，我一件一件地翻找着衣服，衣柜里大多是我年轻时穿过的裙子。转过身，我发现紧挨着衣柜的地方站着个无头女——梦境中的肢体残缺倒没有特别阴森恐怖。她穿着一件我从未见过的红格纹呢子裙。我们相互拥抱，而且我有种感觉——她似乎就是我自己。我醒了过来，梦境也戛然而止。当天晚些时候，我在清扫秋叶时揣测这个梦的意义，它可能在暗示我，是时候开始写小说了。那个无头女也许是我的一个分身，但又不是我本人，或者说，她是从我的身体和思维中走出来的一部分，是我那个梦境的旁白、叙事者。当然，也许这只是我在潜意识里找了一个写小说的理由。

现在我都在楼上写作，但我的第一篇短篇小说却是在厨房餐桌上敲出来的，这样才能一边写作一边照看在旁边塑料椅子上睡觉的孩子。我也搞不清楚为什么不让他在小床上睡觉，可能正巧他就在椅子上睡着了，让他继续睡那里也方便我照看；或许创作小说就需要这样的特殊环境和新奇视角。这篇短篇讲述了一个面包师的故事，主角是个聋哑男青年。虽然没能发表，但我从创作过程中得到了很多启发，也深刻体会到完成一部作品带来的鼓舞。任何从事写作的人都知道这种体会多么重要。

七年后，我正式迈入四十大关。既写诗歌，也写小说，并终于如愿出版诗集，但在杂志上发表单独的诗歌作品却不太顺利，我的小说也未能出版。因此我隐约感觉到如果不暂别诗歌，就很难在小说上有所长进。几经挣扎，1983 年过完四十一岁生日时，我郑重决定，以后每年上半年写小说，下半年写诗歌，且只在下半年写诗歌。那时适逢春季，所以我先写小说，这样一来时间突然充裕起来。节奏放缓后，感情也更充沛了。由于我对所谓“下半年”的时间界定逐年缩减，诗歌创作渐渐淡出我的生活，后来我索性放弃了这个念头。我曾担心过这种放弃，但事实上却并未如自己预想的那般介意。因为写作本身是一件很不可思议的事情，而每个人又都有自己独特的应对困难的方式，我想有所取舍应该是一个好方法。开始专注于小说之后，没过几年我就陆续发表了作品——先是单独发表的短篇小说，然后是短篇小说集，直至长篇小说问世。

不知不觉间，我已成为一名作家，小说创作也成了我生活的主旋律。但我仍然不能排除一切干扰，每日只埋头创作。这就是我成为作家之后的生活状态，相信你们也是如此。即使在过去，也只有少数男作家才能享有如此待遇——既有贤内助和仆人的鼎力相助，又有充足的资金支持（不管是继承来的财产还是他们的作品极为畅销）。如今，这种闲情逸致也只能在诸如雅斗花园[1]或者麦克道威尔文艺营[2]这种作家庄园里才能享受到。对于我等凡人，相信大部分人还无法依靠专职写作来养家糊口，只能花大把时间从事其他工作来赚钱养家，同时还要兼顾家务、照看孩子。外界或好或坏的干扰也会阻碍创作的脚步，比如婚丧嫁娶、外出度假或探访病人。也许还要阶段性投身某政治运动；也可能得照顾一位患病的亲人；没准儿哪天屋顶又坏了……半年小说创作计划开始后的几个月，我发现一只眼睛的视觉区域出现空白，检查后得知这是一种遗传性眼疾。此后，我的右眼再也无法阅读。那时我还太年轻，无法承受永久性的身体功能缺失，眼疾也确实造成了不小困扰。十几年之后，眼疾日渐严重，身体还伴有其他小毛病，但我依然能够阅读、写作和讲课。随着年龄渐长，我渐渐能够比较平和地面对身体问题，并适应了在身体能承受的范围内工作。

我很幸运，但也有暴躁或自私的一面。我学会了如何保障自己既有的写作时间，但也反对作家斩断一切与外界的联系。我有三个儿子和三个孙辈，喜欢与亲朋好友相处，享受写作之外的其他体验。但是要想成为职业作家，有时还真得把写作

[1] 编者：雅斗花园（Yaddo），位于美国纽约市的艺术家中心。为来自世界各地的艺术家提供创作空间和支持。

[2] 编者：麦克道威尔文艺营（MacDowell Colony），位于美国新罕布什尔州的艺术家中心。由美国钢琴家爱德华·麦克道威尔的妻子玛丽安·麦克道威尔创立于1907年。

优先安排在其他重要事项前面。鱼和熊掌无法兼得，即使我们并不知道作品是否会得到认可，也只能孤注一掷。

对所有立志成为作家的人来说，不只要静下心来创作，更要创作出好作品才行。我们得有稳定的情绪和心态，也要有足够的聪明才智。当你确定自己能够稳稳地坐在椅子上创作之后，接下来的任务就是拿出勇气从熟悉的创作方法入手，而不是学习一套新的写作技能。拥有这样的勇气是很重要的，有的新手也觉得应该从熟悉的方法开始。但当他们在学习艺术硕士课程、参加作家研讨会、在咖啡店埋首创作的时候，往往又会产生错觉——情绪铺垫已经打好了，接下来只要通晓一些规则和步骤，就可以按部就班塑造角色和情节了。

在整个创作过程中，作家的心态必须保持平和，这样才能对每一个场景的构思都充满信心。虽然也有不可行的时候，但仍会对下一个可行的构思有所启发。尽管写作时间非常有限，但别怕浪费时间，所谓慢工出细活儿。从思维的深处找出灵感相当耗费时间，但这一点点模糊的火花却恰恰是一部好作品必不可少的，即便不到最后一刻，谁也无法确定这个火花是否会被采纳。

通过学习是不是真的能获得写作能力？对此大家往往心怀质疑。他们认为那些有写作冲动、并通过自行参悟就能获得写作技能的人才是真正的作家。但在我认识的作家中，几乎所有人都在学习中多多少少获得了一些写作要义，不管是上写作课、参与写作小组，还是看书评、看指导书。这样的学习即便无法面面俱到地帮助你完成接下来的每一步，但最起码让你学会了思考、学会了如何开始。如果这本书能帮助读者以自信、充满激情和希望的心态构思并完成自己的作品，我的目的就达到了。

Part 1

The Kite and The String

风筝与线

自由写作，但别忽略常识

Writing with Freedom and
Common Sense

故事之声

大多数人既没有从事过小说创作，也没有这样的念头。少数人总是说自己在不远的将来一定会写一部短篇、长篇或回忆录。言外之意，写小说这事不难，只要有足够的时间，似乎提笔就能一蹴而就。对此，我等自愧不如，因为我们在创作中经常字斟句酌，说自寻烦恼也不为过，比如描写某位虚构人物的一个动作（不论基于现实原型还是想象），可以写成“我刚刚打开门”，“当我推开那扇门时，……”，还可以写成“急匆匆地推开门……”

我们也记不得这种奇怪的习惯何时养成。只是想让人物活跃在纸上，引导他们经受痛苦和恐惧，勇敢去爱。某一刻我们甚至会惊奇地发现这些人物将要做一些超出自己预期的举动。写作冲动与性冲动相似，都源自人体内自发的某种驱动性，这种驱动往往在连贯的思维成形之前就开始起作用了。其他形式的艺术创作也一样。没什么特别原因，就想奋笔疾书或敲击键盘。文字表达的欲望让手指蠢蠢欲动，内心按捺不住渴望。生活经验会告诉我们这种欲望是什么，以及这种欲望在特定文化环境中是否得当。有时，写作与性的关联比想象中还要近。对情感触觉比较敏锐的人来说，按喜欢的方式遣词造句，至少会在付诸笔端的那一刻得到宣泄的快感，比如上面那个例子，我就想这么写："我颤抖着推开门，而门外……"凭想象力虚构出一个故事（哪怕只是根据真实事件改编的故事）是一件既诱人也有一定风险，甚至是颠覆性的事情——尽管写作并不违法，但有些人会对沉迷虚幻感到惶恐不安，进而反对虚构文学创作，尤其是阻止亲朋挚友从事小说创作。

这样一来，小说家和回忆录作家不仅要考虑创作本身，还要在面临阻碍时捍卫自己的艺术作品以及为此付出的时间，有时甚至不得不采取激烈手段。对诗人来说更是如此。

叙事文学大体就是讲故事的书，而本书则是一本告诉你如何讲故事，以及如何遣词造句（比如"直到我推开门，才……"）的书。小说，尤其是虚构小说，最令欠缺灵感的作者头疼——人物是虚构的，但描写却要十足逼真——这对他们来说是一件很困难的事情。回忆录的写作过程也没好多少，当回忆纷至沓来，或灵感泉涌，作者往往会想："此处我必须写上史蒂夫叔叔都做过什么！"然后他们会发现，这个想法实现起来的费劲程度也不亚于虚构小说。

实际上在动笔之前，我们可能已经有了大致的构思，并爱上了故事中酝酿的声音和触感，以及它们在我们脑海里印下的纹理。我大一时读了詹姆斯·乔伊斯的短篇小说《悲痛的往事》。主角达菲先生是都柏林的一位单身作家，他时刻都在琢磨给自己迟迟不见成果的手稿加上几个旁人察觉不出任何区别的句子。他陷入了一种无可救药的孤独——由于交际恐惧症，一旦结识了新朋友，他就拒人于千里之外，缩回自己的小世界。这部短篇小说讲述的也正是达菲先生如何一步步领悟到自我封闭带来的坏处，并在小说结尾处幡然悔悟。除此之外，他身上再无值得效仿的地方。故事开篇提到他"有一种奇怪习惯——偷偷写自传，时不时在心里造个关于自己的句子，但主语却用第三人称，动词还要用过去时"。第一次读这部小说时，这段话给我留下了深刻的印象，因为我也经常这样做，造句时用第三人称做主语，用过去时态的动词，就像在写一件与己无关的事情。我会在心里把生活片段编成故事，再讲给自己听。好像自己是某部小说中的人物，在某个不甚重要的章节中看着这个世界——一个人刚打扮妥当，另一个人走向公交车站……

当得知有人跟我一样有“偷偷写自传的奇怪习惯”，还有不少人听说过这种习惯时，我感到无比惊奇，就像一个小孩发现别人也会“打飞机”，还会把这事公然说出来一样。我甚至觉得乔伊斯本人就有这种习惯，或许这也意味着我的确有作家潜质。此后，每当我将这段经历与其他作家分享，许多人都会喜上眉梢报以会心的微笑，还会因为小秘密被戳破而脸红。

达菲先生的句子比较“简短”，可能是因为他比较缺乏想象力，也可能是乔伊斯有意为之，让达菲先生从简单的事实入手进行自我叙述。于是就有了“他刚吃了晚饭”这样的句子。由于生性拘谨，他过不上本非常向往的自由自在的生活，这也体现在了他的写作上——他会过于纠结措辞，无法肆意挥洒笔墨，任意想象。但不论好坏，我孩提时代的内心独白可没这么简短和真实。“她从橱柜里拿了一个盘子”，我的开头还算朴实无华，但随着行文深入，便会不自觉地带上一种老派文学腔，“接着，她把这个釉面开裂的陶制餐具轻轻放在满是划痕的木桌上”。而现实生活中的厨房器具、时髦的丹麦餐具、福米加塑料贴膜的桌面统统消失不见了。

不知达菲先生保持写自传的奇怪习惯有何目的，但我的目的是营造出一种身在其中的真实感，而不仅是写作本身——我要让自己活在这种虚幻中，按照小说里的描述去生活。想象中的叙事者有悲天悯人的情怀和深刻的洞察力，从他／她的角度呈现的其他人物，性格虽不甚完美，但却因此而颇具吸引力。

至于叙事者的语气，应该是敏捷轻快、雌雄同体且带点酸讽，确定之中再带点不可预测。于是，我想把真实的生活也调整成这样的状态，好给想象中的叙事者行点儿方便。而这种叙事风格在英国文学中很常见，尤其是在十九世纪末至二十世纪头十年这段时间：

她站在小房子跟前看了一两分钟，想着下一步该干什么。突然间，一个穿着制服的仆人从树林里跑了出来(因那身制服，她认定此人是位仆人；否则如果单看他的脸，她会说这是一条鱼)。随后，这人开始使劲儿踢门。

——摘自刘易斯·卡罗尔《爱丽丝梦游仙境》(1865)

午饭时，看到她不爱言语，弟弟蒂比就一直说话。他本性不坏，但自孩提时代起就行事乖张。他滔滔不绝地讲述自己在学校的见闻，讲得绘声绘色。以前她经常求着蒂比讲这些，但现在却心不在焉，因为她正沉浸在自己的世界。

——摘自 E.M. 福斯特《霍德华庄园》(1910)

伴着音乐旋律和鼓点的是留声机唱针刮蹭唱片发出的规律滴答声。似乎每种声音之外都有个背景音。她觉得如果集中注意力就能把外界的噪音从内心中剥离出去，因为心里最后的那个声音现在已经被沉默埋葬——那应该是手腕上脉搏跳动的声音。她一边想着一边把手放在了椅子上。那才是属于她自己的声音。

——摘自伊丽莎白·泰勒[1]《捉迷藏》(*A Game of Hide and Seek*)(1951)

在刚开始写小说时，我也会无所适从。我喜欢写小说，因为它能表现出意识层面的微妙变化和道德层面的细小差别。没有内在生命力的情节是乏味的。但是，我只是热爱用文字叙述内心生活而已，即使我写过诗歌，学过文学，如乔伊斯笔下达菲先生那样习惯性推敲字句，也仍会语塞词穷，因为我缺乏素材，没有现成的创作蓝本，生活经历也很有限，没有当过酒保、出租车司机、水手……我只不过曾是个学生，做过夏令营辅导员和教师，也是一位母亲。另外，有一年夏天我曾在梅西百货做过销售员。仅此而已。全凭想象力杜撰从未涉足的领域，我和你一样，也会感到力不从心。

教育经历对我的写作实践还是有一定帮助的，起码培养了我对词语的敏感性，让我善于揣摩其言外之意。我会时刻谨记，作品最终还是要落在词汇和句子上，而不是感觉和经验，从而避免了许多新手的通病。(比如要写的事件发生在周一下午两点，就会直接写成“周一下午两点”，虽然还原了事件本身，他们也会自鸣得意地说“事实就是这样”，但是读者会觉得“这

[1] 编者：伊丽莎白·泰勒(Elizabeth Taylor，1912—1975)，英国女作家、短篇小说家。

不够真实”。)

除了对用词敏感，学校的学习还使我明白，要想写出好作品必须有所追求，要最大限度地关注描写对象本身。因此，作家至少还要具备深刻的洞察力、客观展现细节的能力、有所保留的叙述能力，最好能再写点儿反讽。这样才能有效传达抽象情感。

尽管熟读理论知识，在小说创作之初我依然不得要领。那时的我喜欢追求内心活动，作品都以人物本身为中心，而不甚在意人物行动的刻画。但当时我没有意识到，叙事文学不应只展示内在，也没意识到不论短篇、长篇还是回忆录，即便人物的某个行动没能使行动力极强的警察或军官感兴趣，它依然是作品中不可或缺的部分。叙述的要义就是不仅描写内在状态，还要将它具象化——即在客观世界为内在状态找到对应的事物。例如，现实生活中，她只能动动心思嫉妒一下朋友的雄厚身家。但在短篇小说里，这种情绪就表现为她把从朋友那儿借的垂涎已久、价值连城的某件东西扔到水沟里，过程是这样的:她停下脚步，拨开散落在脸上的头发，一松手，借来的古董银手镯就掉了。读者会对她的妒火中烧感身同受。小说家会设置遗落手镯的情节，而回忆录作家则会回想能表现出这种情绪的相关事件。尽管我着迷于内心世界，但叙事的第一要义(当然不是绝对意义上的)还是要落脚在客观世界。

多年来我塑造的人物都只会思考和感受，这种状况持续了很久。为了塑造出更鲜活的人物，我花了几十年才走出自己的小世界，尽可能去了解别人。而要体验世间百态，并在小说创作中将其表现出来，更是急不得。

此外，我对当代小说知之甚少，基本没读过当代主题的小说或自传。尽管我非常喜欢詹姆斯·乔伊斯和亨利·詹姆斯，但作为生长于二十世纪下半叶布鲁克林区的犹太裔女性，我不会去写他们那样的作品。在我看来，短篇小说类似智力游戏，结尾往往会带一个小转折，这也让我不知如何下笔。但几十年后的今天，每次读乔伊斯、詹姆斯或任何优秀作家的短篇小说，我仍会有所收获，因为我总能在这些作品中找到共鸣。如今，我常建议学生选择这类作品阅读：作家写的要么是他们生长的地方，要么是他们所在的族群，又或者是他们熟悉的生活方式——比如移民生活。广泛深入的阅读固然重要，了解自己生长的地方和这片土地上承载的历史也是很必要的，尤其是姑妈如何煮菜这类细节，那才是写作能用得上的素材。别把写作素材局限在自己的生活经历中，“写自己了解的”当然是个好建议，“写自己不了解的”有时也不错。但也不要先入为主地认为自己的生活过于微不足道、枯燥无聊，从而排除在小说素材之外。

我在书店闲逛时拜读了蒂莉·奥尔森和格雷丝·佩利的作品。她们的主人公大多是普通的都市女性，有些甚至和我一样是犹太裔的女权主义者，作品大多讲述她们如何在生活中逆流而上、克服困难。造成困境的原因不胜枚举，比如心理上的游移不定、身份认同的困惑、社会中的道德困境以及这些困境引发的矛盾心理，更别说还要应对贫困、偏见、战争以及个人生活与社会生活间不可避免的冲突。根据我的经验，这类人确实有可能遭遇这些问题。以我为例，一位青春不再、身为人母的美国都市女性，我笔下的故事基调和主题一定得能引发自我的共鸣才行。

恰到好处的白日梦

写作需要臆测、直觉和想象，纪实作品亦是如此。比如记者依照不可名状的感觉，先采访矮个子士兵，再采访高个子士兵；科学或历史类作家可能会诉诸他们对文字特有的直觉；回忆录作家会按照自己的需要来挑选时间、事件和人物等素材，没有既定的章法可循。对小说家来说，他们也不必为现实生活所约束，可以凭空创造人物和事件。即使以真实事件为蓝本进行创作，也大可改变事件结局，精简某些人物刻画和事件描写，记忆模糊的地方可以主观创造。虽然真实的事件震撼人心，但小说家不必对事实亦步亦趋，要大胆发挥想象力。小说的魅力就在于亦真亦幻，比如房子的后门敞开着，你想不到究竟什么东西会钻进屋里。（“我打开了后门……”）小说家要特别关注那些出乎意料、不合常理的灵感，也不要轻易放过那些令人不快或尴尬的想法。

踏上写作之路（不论是小说还是回忆录）的作家都要在某种程度上处于非理性状态，重视冲动和直觉。必须让自己卸下心防、身心放松，才能写出好作品。创作过程中，也尽量不要囿于写作指南、规则和方法论的条条框框。

但好作品也并不仅仅源自作家思维里那些虽然重要但却未经整理的好点子，如果只是这样，这部作品可能会令人觉得费解、缺乏逻辑，甚至自相矛盾。这样的作品并不是好作品。既不能让写作方法和规则扼杀灵感，又不能毫无作为地等待灵感降临，这就是写小说的难处。很多作者都很随性，“想到什么就写什么”，但这样的作品往往会流于陈词滥调、杂乱无章。当然，也有一部分人创作起来毫不费力——反正我是没有这样的天分，或者说大部分人都没有。

我自己的人生经历就很说明问题。我的绝大部分文学启蒙来自父母，他们虽然不是作家，但喜欢给我和妹妹讲故事，妈妈的个人爱好就是读长篇小说和戏剧。在我的成长过程中，阅读也如影随形，对我至关重要。是的，广泛阅读，只要别让文学世界里光怪陆离的东西侵蚀日常生活就可以。

以下是我对妈妈的一段描写：妈妈在阿迪朗达克山脉东部地区租了一间小屋，顺着绿草如茵的斜坡走下来，就能到达不远处的湖边。妈妈身着白色的羊绒海滨外套，里面是一件褶边泳衣，虽然她基本不下水游泳。她一手夹着折叠椅，另一只手拎着手提袋，里面装着一本埃德娜·费伯的大部头小说和一盒香烟。妈妈在海滩上跟朋友讲了很多故事，实际上无非就是“我原以为那趟大巴会准点——但晚点了！”或者“我原以为那趟大巴会晚点——但准时到了！”那类事情。

至于爸爸——他的卷发过早地泛白，眉毛粗犷浓重，身材干瘪瘦小。他身穿一件宽松的男士泳裤，踮起脚跃入水中，游得很慢但往往会坚持很长时间。他的泳姿是自创的——侧着身子靠一只手臂划水，所以每次划水整个身体都会潜入水面之下。他脾气古怪，爱激动，但他自己并不承认这一点。此时他正跟一个人高声说着什么，还不停比画，似乎又动气了。他的故事用一句话就可以概括——“太可笑了！”在他眼中，银行、商店、政府、小孩，包括听他说话的这位友人，都很差劲，起码在某个方面很差劲。

长大后，我会把自己读过的小说介绍给妈妈，但是她的读后感往往是打了折扣的。有一次，我把亨利·罗思的《就说是睡着了》拿给她。这是一本关于纽约犹太移民的小说，书中人物的生活与我外祖父母的生活非常相似。她特意打电话来说自己很喜欢这部小说。

“这本书有很多俄狄浦斯情结元素。”我说道，一边炫耀知识，一边想象着那对关系复杂的母子。

“啊，我知道！”妈妈说，她显然没在意我的话，“闷罐炖肉！面条！”她回应的都是食物。

身为父母，他们尽职尽责、充满慈爱，美中不足就是自我意识相对薄弱，太过于信奉常识。我妹妹曾经把妈妈的这套生活哲学归纳为：“如果一件事情不合常理，理性主义者连理都不会理。”因此，我对于复杂的心理和情绪的感性认知都来自阅读和先天的叛逆精神。而从父母那儿，我学会了如何按照常识进行文学创作，这样写小说大体也是可行的，但这一套对“悲剧作品”来说却行不通。比如一个很好的人（不是小狗）去世了，有人哭泣是合情合理的。但假使一个女生在期末考试中名列榜首，校报的头版大肆报道，她却因此痛哭失声，这就显得不合情理了。学习成绩优异是好事，广而告之更是好上加好，对常识至上的人来说，显然没什么可哭的，她的哭就有些不合常理。但她就是哭了，难道是担心被同学嫉妒？——随着年龄增长，我愈加发现生活中确实有些微妙的思绪难以用常理解释，父母可能永远不会察觉，但我却无法忽视，我必须要为这些说不清道不明的东西做点什么。也许这就是我成为作家的首要动因。

当然，在一般情况下，校报上的成绩单并不会让谁成为大家嫉恨的对象。我也不可能完全不受父母影响。我慢慢学会了他们那种思维方式，逐渐成长为中规中矩的普通人，绝大多数时间里我理性自持，当然也会稍显无趣。我循规蹈矩、按部就班地生活，比如乐此不疲地制定周密计划，每完成一项就用笔划掉。虽然常识让我的日子略显寡淡，但也让我有能力应对各种问题。而且对我来说，抚养三个孩子也很锻炼人。不过，可能煮了太多意大利面，削了太多胡萝卜，我早已不把自己当回事儿了。当《纽约客》开始连载我的小说，起初我是很激动的，但很快便从这种惊喜中平静下来，回归正常生活，一如既往地督促孩子写作业、叠衣服、养猫喂狗，照顾孩子的生活起居。从很多方面来说，我基本成了父母所希冀的那种人，尽管在他们眼里，我要是能从事一份不那么感性的工作会更好。他们为我的作品感到骄傲自豪，兴之所至，妈妈还会去书店把我的书正面向上摆放整齐。

虽然我的成长过程波澜不惊，但我深知自己的内心深处有一处神秘领地，那里充满妙趣，无法言说，这种心情常在我看完某个画展、情绪低落或有人向我倾诉烦恼的时候出现。姨妈克莱尔常向我诉说她的生活感悟：突发状况层出不穷，按下葫芦起了瓢；危难时刻坏人挺身而出，好人反而让人失望……这种宣泄式的倾诉必须想到什么说什么——因为随之而来的对生活的失望会浇灭倾诉欲——而克莱尔阿姨也似乎深谙此道。小时候，她和我家比邻而居，除家人外，她还养了六七条德国牧羊犬。我会按她家的门铃，把狗狗结实的身躯揽入怀中，然后在厨房里找个角落坐定，一边看她给狗狗做饭，一边听她讲述这个星期的生活琐事。我妈妈与她姐妹情深，常为她的遭遇抱不平。

理智如妈妈，偶尔也会说些令人难忘的故事，当然还是用那种讲大巴准点的平静语调。她的故事几句话就能讲完：某个阿姨在欧洲有个私生女，后来女儿被一位亲戚收养，而这位亲戚是一个虔诚的教徒。女孩成年后对妈妈摊牌，说自己想要嫁给一位非犹太裔，妈妈的回答令她吃惊："我不是你的生母。"我把这个故事写成了三十几页的短篇小说。拿给妈妈看时，她说："我有亲戚经历过类似的事。"她甚至不记得给我讲过这个故事。[1]

爸爸偶尔会回忆过往：七岁时为躲避 1918 年的流感被迫乘船前往罗德岛，寄宿在当地亲戚家；30 年代在卡茨基尔度假区的一个爵士乐队做乐手，整日与那位不付工钱的老板周旋。爸爸知道不确定性是故事得以扣人心弦的重要因素，但多数时候，他都有意回避这样做。其实认真观察不难发现，常识并非万能，生活中总是会有不确定，像父母那样理智的人也得承认这点。

但绝大多数情况下，父母还是坚定地认为：一定得理智才行，没有什么大不了的事值得小题大做。作为不信教的犹太人，他们既不相信灵魂也未信奉宗教，所以觉得没什么好怕的。对他们来说，可能只有时任美国总统的富兰克林 · 罗斯福还

---

[1] 译者：在欧洲，孩子与母亲通常有着同样的宗教信仰。此处作者想表达的是：女儿与母亲一样，信仰犹太教，她本不应与其他宗教信仰者结婚，并认为母亲不会答应自己的婚事，却没想到自己并非母亲亲生。

有点威慑力。他们并不恐同，也不是种族主义或性别歧视者，并不是打破了偏见，而是因为他们从未建立起一套坚固的信念。不过这样说也不完全对，妈妈还是有两种执念的：小孩必须穿背心，以及收到礼物必须回复感谢卡片。在她眼中，如果同住一幢公寓的同性恋情侣收到礼物而不回复感谢卡，那么被批评的原因仅仅是“没有礼貌”。她是位教师，会登门为那些无法离开家的孩子(这些孩子以前被叫作“伤残儿童”)上课。妈妈一视同仁，对待身患疾病或肢体残缺的孩子及其家长与其他人一样，以她一贯的处事原则和平常心来做这份工作。在她看来，残障儿童收到礼物也要回复感谢卡。

可能我的意识世界是双重的，一边是绝对的压抑、理智和常识，一边是绝对的释放、感性和激情。这种双重意识不仅促使我成为作家(不得不说，有人认为我具备写作方面的独特感知力)，也使我在小说创作之初就学会了如何讲好故事。意识世界既有强烈情感，又有普遍常识，只有使这对矛盾体和谐共生，才能写出值得玩味的故事。真实的情感是前提，而常识则将其更好地呈现。作家要在放任和控制之间找到微妙平衡，就像风筝随风飞舞，那根线也要顺势而动，需要时放一放，必要时收一收。线既不能阻碍风筝高飞，又不能让它飞得过高，最终消失于天际。

“那么，到底应该怎么做呢？”——我一直在思考这个问题。先放任情感自由挥洒，再用理性梳理调整，如此反复。这是我创作小说的方法，我也这样教导学生。鉴于我的小说创作道路非常曲折，写作实践中遇到问题时，我逐渐学会了先参考以往读过的作家是如何定位、解决这个问题的。有时候这种参考有些多余，因为我总是后知后觉地发现，自己当初的想法和其他作家的解决方案非常相似。但我依然认为这样大费周折地思考是很有益处的。

“我懂了！”创作点评结束后，一个新生迫不及待地说，“我得在性格养成和叙事视角方面下功夫。”其实不然，她需要的只是将自己当作故事中的人物，同呼吸共命运。学生经常谈及“叙事视角”（point of view），甚至为书写方便用缩写（pov）表示。这个看似清规戒律般的文学术语实际上指出了小说创作中最艰难、恐怖的部分，即成为他人，把自己彻底幻化为要塑造的人物。如果目标人物是近视眼，那当人物摘下眼镜的瞬间，作家的房间也要模糊起来；如果目标人物是嫉妒狂，那么当女友看向另一位男士时，作家也要怒火中烧，敲击键盘时指尖都会隐隐作痛。

与学生相比，我对写作方法的体会更多一点，这是个优势。比如，我会思考，“这个人物在生活中可能会发生点什么别的事情？”以此来凸显人物性格，而不会把这件事当成对整个故事没太大意义的“次要情节”。人物通过行动才能鲜活起来（起码我这样认为）。我当然知道小说创作需要以“人物”和“情节”为中心，但本书想另辟蹊径：不妨先考虑故事中到底会发生哪些事件——无非是一个事件接一个事件再加上涉及的人物，然后将其整合成具有美学和完整逻辑的连贯统一体。感性和理性需要同时发挥作用，并贯穿整个创作过程。很多时候，作者需要的不只是“去做”而已，更是一种恰当的心态。

在创作初期，我热衷于遣词造句、捕捉情感，也无法摆脱家庭影响——万事务求符合常识。如今看来，这些素质对作家来说的确是非常有益的。措辞毫无特色、陈词滥调，直到最后一稿再重新修改是行不通的，小说要表达的意义与措辞密不可分，措辞不到位意义就表达不出来。动词和名词要足够具体，副词和形容词要足够准确，不能滥用指代不明的隐喻或陈词滥调。作家还要具备在感性和理性之间快速切换的素质。有时我们需要松弛下来、不囿于规则，放任想法倾泻而出，不理会来自外界或自身的批评，进入“半梦半醒”的境界，如同刘易斯·卡罗尔描述爱丽丝看到白兔时的状态。只有这样，潜意识里的想法和信息才会跃然纸上，而这些东西在完全清醒的状态下是无从找寻的。因此，作家要逐渐学会开诚布公地表达，而不是武断地自我批判。一旦习惯于自我批判，就会对写出的内容不停删改，创作很容易因此而终止，即使有所进展，写出来的东西也会缺少生命力，乏善可陈。如果还是担心所谓“批评”，大可以先保密一段时间。一旦确认所写内容暂不会公之于众，就会无所顾忌地创作，既不怕自己尴尬也不怕惹怒他人。把这份不甚完美的文稿妥善保存，静待一段时日逐渐适应它的存在，然后再审视它是否真的会让我们感到尴尬或惹怒读者。其实很多情况下，即使作品真的惹怒了读者，也与我们预想的原因不同。

不过有时候，我们还是需要把内心的批评家请出来，仔细审视、反复推敲已完成的内容，以确保作品清晰明确、简洁凝练、铺陈自然。此时，最重要的是作品的基本面，而不是那些锦上添花的东西。然而在此过程中，还是要时不时地进入“半梦半醒”之境，唤起一些新想法。如此反复。

完全依循感觉自由挥洒，但却弃理性于不顾的写作方法当然可以表现出更强烈的生命力，不过这样的作品往往会有诸多问题，比如指代不详、结构松散、主题凌乱，或者某些方面啰啰唆唆，但其他方面又漏掉了重要元素。即使有一些美感，也会被通篇的陈词滥调和作家的自我沉溺毁灭殆尽。失去理智的情感宣泄满足了业余作家的自我表达欲，但读者显然无法从中得到愉悦的阅读体验。

不过从另一个角度讲，理性写作确实可以让作品更合规范，但如果完全摒弃感性元素的话，往往又会使作品缺乏生命力。可以说，为追求理性而抛开情感，这本身就不理智。写作其实就是不断以身犯险，作家要描述的不是人物的遭遇，就是他们即将面临的遭遇。我们自己也曾经历厄运，至少了解厄运带来的苦难，很少有人能够在世事面前全身而退，一辈子无风无浪。没有这种认知，就别想有良好的创作觉悟，任何的艺术工作都是如此。因为生活本来就悲喜参半，充满了不确定，干吗要粉饰太平呢？

缺乏强烈情感对于作家来说确实是个问题。想写出有艺术感染力的作品，又要自我克制、避免太过强烈的情感宣泄带来的弊端，是非常费心伤神的，这是作家们在行文困难时都经历过的恐惧，所以保持平和稳定的心态很重要。那些读艺术硕士或上写作班的学生都很努力地学习、分析写作方法，但他们并没有在心态上做好准备。在小说创作中，要从自然人身份中抽离出来，不能边流泪边写作。换言之，身为作家不能无法自拔地陷入暴怒、羞愧和恐惧之类的情绪中。创作中我们常常会让人物和故事情节陷入某种紧急、矛盾的情势中，每个人的写法都不尽相同，而且每个能识文断字的人也都能做到这一点，但关键在于如何理智地进行修改和完善，让其变得更好。

作家会从常识中获益良多。比如，常识会告诉我们什么时候该适可而止。“技术流”学生习惯于“描述而非陈述”，所以很少思考“有没有只需陈述不用描述的地方”。当然，还是有的。“描述”是用精准客观的语句进行描写，这在叙事文学中至关重要。但有时也需要“陈述”，比如“她十岁了”或“我不喜欢那家餐馆”或“这是他们婚姻中的瓶颈期”。常识会告诉我们一个想法在什么情况下称得上好想法，什么情况下不能算。没有哪一条写作规则普遍适用、万无一失。有些情况下，作家完全无须受限于规则，只要实事求是地写出来就行，就像在日常生活中，我们并不会为无关痛痒的小事思前想后。如果写满字句的书稿是一只风筝，那倾泻而出的情感便如同天空中呼啸而过的狂风，我们需要一根线来牵引——同样，作家当然需要创作的自由，但也需要理性控制，二者缺一不可。

Part 2

People Taking Action

让人物行动起来

想象

Imagine

有一次，五岁的孙子对我说蜘蛛网是“世界上最结实的东西”。几天后，我恰好在厨房看见一只淡黄色小蜘蛛沿着木头椅背往上爬，刚爬上去一小段就掉下来了，所幸吊在一根蛛丝上来回晃荡。它缩着脚吊在丝线上，看起来像朵凋零的花。过一会它又晃回椅背继续向上爬，又掉下来，再次悬在半空。蜘蛛用体内分泌出的物质织线结网，支撑自身重量。这就好像一个人往身边的什么东西上吐口水，再用唾液的黏性支撑自身重量，悬于半空。如此看来，蜘蛛网确实是世界上最结实的东西。如果说还有什么东西比蜘蛛网更结实，那就是作家的想象力了，因为在想象世界里，你可以凭空失重。

“您的灵感来自哪里？”经常有学生发出这样哀怨的疑问，

语调听起来非常困惑，甚至带点怨恨，他们既想知道我如何获得灵感，也想弄明白为何自己灵感匮乏。

每每谈到这个问题，我内心都会隐隐不安。如前文所述，作家用想象力创造出栩栩如生的人物和逼真可信的情节，让这些人物走进读者的生活和内心世界，仔细想来其实有点可怕——读者可能会因为虚构人物的离世而哭泣；可能会爱上一位在现实世界根本不存在的人。比如，作家可以通过情节的设置让作品中的母亲走进房间来倾吐她的秘密，这个形象可能会使某位读者产生共鸣，将自己的母亲带入其中。虽然现实生活中母亲可能远在千里之外，甚至已经过世。

从事虚构文学创作如同进行一项神秘交易。莎士比亚在《仲夏夜之梦》中借忒修斯之口谴责想象力，说它对于“疯子、情人和诗人”来说是司空见惯的事情：

> 诗人的眼睛，神奇而狂放地一转，
> 便从天上看到地下，从地下看到天上；
> 想象会把不知名的事物呈现出来，
> 诗人的笔再使它们具有如实的形象，
> 空虚的无物也会有了居处和名字。
>
> ——引自《仲夏夜之梦》第五幕第一场

想象力有错吗？无论莎士比亚说得对不对，作家确实是离不开想象力的，但问题的关键在于如何运用它。本章即要谈论这个问题：为何要珍惜和培养你的想象力，以及如何加以运用。

学生们往往不敢发挥想象力，对此我百思不得其解。刚教小说写作时，我理所当然地认为一位女生作品中的人和事是虚构的，与作者本人的现实生活关联不大。虽然她把故事背景设置在自己生活的城市，把人物的职业设置得与自己相似，但这也算正常。她的小说一定是虚构出来的——我对此深信不疑，否则为何要修读小说写作课程呢？我还屡屡盛赞她在人物塑造方面的想象力，比如主人公的丈夫因为儿时遭遇车祸成了瘸子，他还喜欢吹风笛，且有些不寻常的性癖。然而，那届学生毕业典礼上，当我和这位女生的家属握手致意时，发现那是一位面色友善的男士，拄着拐杖，身穿一件文化衫，上面还印着刚结束的风笛音乐节宣传画。难道她的小说直接照搬了现实生活吗？

当然，现实生活难免会在小说里留下零散随意的印记。有一次，为了创作一部小说，我决心躺在床上构思，没有头绪之前绝不起身——女主人公的丈夫到底迷上了什么，以及这位年事已高、麻烦不断的女主人公在年轻的时候到底遇到了什么不幸。一阵思索过后，我决定把故事的落脚点设置在“trolley”（有轨电车）上。基于这个想法，我查询了20世纪20年代有关有轨电车的资料，进而发现准确的说法应该是“streetcar”，而且那时正在发生大罢工，女主人公的问题可能来自这里。于是一部长篇小说应运而生。

后来，我在梳妆台上发现一张车票，上面印有旧式有轨电车的图片。这张车票是我去南加州查尔斯顿旅行时留下的，在那里游客可以乘坐改装成老式有轨电车的大巴游览历史悠久的城区。是这张无意间瞥到的车票让我联想到有轨电车吗？也许是吧。但我绝不会因为偶然看到这张车票并联想到查尔斯顿的风土人情，就会想写一部小说。

以现实生活为蓝本进行小说创作并没有错，不论是对现实生活进行微调（比如让某位精神失常的亲戚在虚构世界中免遭此劫），还是把现实生活完全推翻，或完全照搬，都是可行的。作家还可以在创作中加入一部分的纯虚构元素，并把这部分按照“自传小说”的方式来写，与读者形成一种趣味互动，他们会饶有兴致地按照自己的认知来区分真实与虚构的成分，虽然往往无从分辨。上述这些方法对小说创作都有帮助。可能正是由于我不反对以现实生活为蓝本进行小说创作，我的学生往往就把现实生活当成小说创作的唯一素材来源了，他们作品中的点点滴滴都能找到真实原型。但我觉得，如果大量的创作都完全依托于现实生活，会使作者显得胆怯和保守。

在写作班上课时，我尽量避免让学生讨论作品的现实原型，这样我才有讲评的空间。比如，我可以直言不讳地说“这位母亲很可怕”，而不用担心伤害到以母亲为原型进行创作的学生。每当学生说“这是基于……”，我就会故意打断他们的讨论。我之所以这么做，是因为在某种程度上，只有把创作素材当作虚构成分讨论，我才会觉得他们是在创作，才会觉得作品更贴近小说的本质属性。当然，这个想法也可能是错误的。因此，为了使作品具有更强烈的小说特性，我鼓励学生凭空编造。他们之所以更喜欢在创作时照搬现实生活，我觉得是因为不敢发挥想象力进行虚构，或者说对于自己的想象力缺乏自信，而不是因为艺术创作原则要求他们这么做。

但我其实并不在意学生的作品是否照搬了现实生活，也无意知晓他们是否会在下一部作品中心甘情愿地采用虚构的方法，更不想探寻作品与现实生活的匹配度。如果真以现实生活为蓝本进行创作，仅给母亲换个名字、在创作中带入她的样子还远远不够。还要发挥想象力为人物设置一些细节，让他从现实中的人物原型里抽离出来，看起来不再像你的某个亲属。谨记，你正在刻画的是小说里的角色，而不是该角色的人物原型。假设人物原型叫露易丝，以她为蓝本虚构出来的人物叫芭贝特，那么作家要杜绝跟露易丝有关的元素，尽量忘却她在现实中的房子或朝天鼻。运用想象力，给芭贝特设计出不一样的房子和鼻子，甚至让她做出露易丝从来不曾做过的事情，反而会为故事增光添彩。

这样一来，作家才能在创作中摆脱露易丝的束缚——写这个故事的目的既不是为了给她著书立说，也不是为了对她进行贬损，更不是为了加深对她的了解。写作时要忠于叙事文学的内在规律，而不是被激发创作灵感的现实原型牵着鼻子走。

小说和回忆录不能混为一谈，因为小说是虚构性的，虽然多少带点现实生活的影子，但没有义务完全照搬现实生活，也无须精准再现诸如爷爷的过往、家族的悲剧、婚姻失败的缘由这类事实。我认为虚构性元素的存在是为了满足故事发展的需要，而不是贴近现实生活，比如为了故事需要把爷爷写成坏人。一切以故事为重，这对作家来说既是难得的机遇、快乐的源泉，也是一种挑战。这样写出的作品一定不会太差。另外，作品是会反映作者内心的真实想法的。也就是说，如果作家在创作过程中足够坦诚、直面内心，作品反映的就是他潜意识里对爷爷最真实的想法——可能与家族神话中爷爷的形象相去甚远。

此外，现实生活中妈妈或爷爷的形象鲜活立体，如果事无巨细地展现可能得洋洋洒洒地写上二十卷，而一部小说中用于塑造人物的笔墨往往有限，所以不论作家有多高的天分，写作目的是什么，都不可能面面俱到地呈现出妈妈性格的复杂，因为她可能脾气古怪、令人抓狂，有点儿可爱还有点儿疯狂。你的爷爷也是一样。身为作家，如果偶尔写写回忆录练笔，也许有可能全面再现某位亲属的生活。但若正儿八经地写回忆录则不难发现，虚构仍是不可或缺的。

尽管现实生活中能激发写作灵感的瞬间数不胜数，但光靠这些还无法写出完整的好作品。想真正掌握小说创作的方法，就要习惯用自己的想象力填补现实生活的空白。比如上文提到的那位会吹风笛的丈夫，如果没有想象力的加持，能写的可就不多了。回忆录作家也一样，最好能从现实生活中广泛寻找素材，不能只限于自己那点儿经历。除非作家本人健康长寿且经历丰富，否则能利用的创作素材迟早会耗尽。

小说创作不能过于依赖现实原型还有另一个原因——避免主题太过明确。比如写到“爸爸出场”时马上想到“他就是专门来伤害我自尊的”，或者“没错，她这么问不就因为我是黑人吗”。作家本人可能无从察觉，但在故事还毫无头绪时就把主题先定下来，对作家或是读者来说，都为时尚早。要写出好作品，作家必须突破自我，创造机会让那些潜藏在心底的东西浮现出来。好作品的创作不会一帆风顺，处于初稿阶段的新作品往往没有特别明确的主题，作家也说不清楚为什么要写这些。但无须担心，主题是在创作过程中逐渐清晰起来的。发挥想象力进行虚构，凭空想象出在现实生活中并未发生的故事，这样才能锻炼小说写作能力。仅把现实生活的真事换个名称就全盘照搬到写作中（比如把写作班更名为艺术班），并不能提升写作能力。不妨先锁定陌生领域的一个层面作为写作目标，你在接下来的写作过程中会遇到突发情况及其暴露的问题，这会让你学到些新知识，而这些知识都是你以往未曾留意到的。只有敢于探索未知才能写出好作品，这需要自我挣扎、自我突破、走出安全区。

我曾教过的一个男生一直不太懂得，故事需要由人物的行动和事件来推动，所以当他完成了一部非常精彩的短篇小说时，我还以为他终于掌握了写小说的要义，并对此感到特别兴奋。这部新作中确实含有一个重要事件，即主人公发现自己的秘密早已人尽皆知，此时他的情绪爆发，故事也达到了高潮。后来听说这正是他真实生活的写照，我感到莫名的失落。尽管希望学生可以更多地发挥想象力进行虚构创作，但事实证明把现实生活原样照搬到小说里也没什么不妥。很长时间以后我才想明白这种失落感的缘由——我以为那个高潮时刻是他虚构出来的，但事实上却是真实经历。那个重要事件让我觉得深受感动并惊叹不已，但对他来说却稀松平常。虽然现实生活给他提供了完善的故事范本，但是无法使他意识到自己在小说创作方面的欠缺和不足。

另一个女生则对自己的生活感到困惑不安。如她所言，写来写去，所有作品的主人公都一个样——一位“犹豫不决”的年轻女士。当她强迫自己用虚构方法写小说时，就必须塑造一些与自己不同的人物，并经历别样的困境。如此一来，她展现出了前所未有的想象力和代入感。在此之前，她似乎总是按照自己的生活来写小说，但当她开始反向操作，各种灵感纷至沓来。事实上，她的新作看起来也很正常，并没有因为想象力太过丰富而显得古怪。若不是对她的年龄和生活经历有所了解，我根本无从判断这些新作与她的真实生活有无关联。与之前的作品一样，她的新作依然精妙细致、观察入微、感情充沛，但人物不再单一了。她学会了如何将自己代入到不同人物的内心世界——也许是一位比她年长的女士，也许是一位男士，抑或陷入某种从未经历过的窘境。一旦打破现实生活的束缚，灵感就来了。

显而易见，虚构是小说创作的核心技法，既可以凭空虚构出人物和情节，也可以在现实生活的基础上稍作加工，对话、时间、天气等，都是可以虚构的元素。虽然虚构已经是写小说的惯用手法，但我们还可以更自如、更多地运用它。小说创作之初往往是以现实生活为蓝本的，随后加上一些或真或假的元素。但一开始就以虚构为蓝本，再以虚构为补充，也是完全可以的。就像我厨房座椅上的那只黄色小蜘蛛，它吐出丝线，悬挂在半空中织网。作家也一样，大可以抛开现实生活，完全凭想象力进行创作，并坚信这足以支撑起一个故事，然后再逐渐填充细节。不过，蜘蛛可能会掉下来——在我看来，这正是许多人无法接受完全凭借虚构进行小说创作的原因。有些学生因此过度依赖现实生活，不敢放手一搏。单靠想象力可以完成一部长篇或短篇小说吗？想象力这么管用吗？答案是肯定的。

作家自己在创作过程中可能都没有意识到，所谓的好小说，其情节必然与作者内心最强烈的情感实现了某种共鸣。人物及其行动可以虚构，但情感一定是真实的。我们之所以写作，就是因为生活中总有一些无法言说的东西，要么说不得，要么说不清。而小说的事件和内容把这些无法言说的东西以文字形式呈现了出来。不论喜欢与否，每个人都会在生活中经历某些情感波动，这就是灵感的来源。但由于这类情感有时来得过于强烈（诸如欲望、愤怒和恐惧），我们往往会把它们屏蔽掉，通过自我压抑的方式回归理性。

作家只有打开心扉直面情感的涌动，才能得心应手地运用虚构手法。拥有足够强大的负面情绪承受力，以及足够强烈的自我剖析意愿，是激发想象力的前提。如果作家不愿意剖析自我，就会顾左右而言他，写一些无关痛痒的东西，就是不写引爆冲突的主要事件。实在不行，你可以试试分裂出两个自己：一个想要把内心毫无保留地呈现出来，另一个感到恐慌、想有所保留。然后转移后者的注意力，放松下来，这样前者就可以毫无顾忌、畅所欲言。

但如果就是没有想象力、找不到灵感，又该怎么写呢？其实也没有那么难。重点在于从现实世界中搜寻那些产生客观影响的事件，而不是那些仅仅改变了主观感受的事件。比如，芭贝特出言不逊冒犯了一位女客人，然后接下来的三页篇幅描述的都是客人受伤的心情。如果略去这段情绪描写，转而写客人的行动呢？——她无地自容地夺门而去，只好在镇上唯一的旅馆过夜，结果没钱付账，又向芭贝特求救。接下来又发生了一些事情。作家要先把自己代入到人物的处境，再思考可能发生的事情。怎样才能让事情变得更复杂？不论好坏，先把所有的可能性都罗列出来，然后再挑选。有位学生一直想写一个故事，讲述两个疏离的家人在参加婚礼时不期而遇，关系最终得以改善。是因为怎样的契机呢？在讨论婚礼上可能出现的意外时，她获得了灵感：一个小插曲使本来疏远的两人正面接触，齐心协力解决问题。哪怕只是开口讲话。然后我们开始罗列有可能推进故事发展的小插曲，比如新娘打算逃婚，新郎与准岳父扭打起来，承办方迟到，香槟塔塌了，摄影师……从众多选择中找出那些既能拉近两人情感又能推动故事发展的事件。每个事件都会引发更复杂的局面，人物自然也会有相应的行动。作家可以按照这个方法对筛选出来的事件一一尝试。

还可以通过任意性练习活跃思维。比如，作品中下一个情境应该包含一个以“m”开头的物件。还可以用游戏方式随意选定范围，可以是某篇新闻报道中提到的事件，也可以是翻开字典第一眼看到的词，或者无意间听到的一句话。

如果还是没有灵感，下面的方法也会有帮助。走出书房，去那些没人认识的地方独处一会儿，随心所欲乱写一气，不管有没有用，把脑海中闪过的所有念头都记下来；欣赏油画雕塑或听听音乐也有助于放松思维，可以参观美术馆或听场音乐会；再不然，去个不太能碰见熟人而又人流密集的地方（超市就是个不错的选择），盯着过往的人看，直到能激发出创作灵感的目标人物出现——目标人物至少成对出现，得有明显的体貌特征，而且从小说创作者的眼光来看，他们很特别，虽然别人可能注意不到。以这些特别之处为基础展开想象——他们可能正处在人生重要时刻。盯着看一阵儿，回家之后选择两人中的一位当小说的叙事者，试着写一小段，交代清楚两人的关系、为何出现在那个地方、当下有什么需要或烦恼，等等。因为一无所知，作家只能凭借想象力虚构，但在既定事实的范围内任意发挥想象还是很刺激的。比如，你看到一位二十出头的姑娘领着个小孩，并猜测她不是这孩子的妈妈，而是姨妈、老师或保姆。但奶奶或外婆可能不太合理，因为她太年轻了。不过你可以大胆想象，推断她嫁给了一个老头，而老头正是这个孩子的爷爷或者外公，这样一来，年轻姑娘成为小孩的奶奶也就顺理成章了。在公众场合盯着陌生人看，揣测他们的人生其实有悖道德伦理。但这种写作训练富有成效，因为写作本身往往也关乎道德，而且这种窥探的行为本身确实很刺激。

如果不想冒雨外出或者行事鬼祟，也可以自行想象两个从楼里走出来的人，然后对他们的情况展开想象、自问自答：他们更愿意走出来还是待在里面？他们就此分开还是一起行事？他们所期望的是什么？两个人都是这么想的吗？至于“他们多大了？”这种问题可以先搁置一旁，把注意力集中在与人物特质紧密相关的主要问题上。然后再去思考细节问题，比如年龄、性别、身处何处，以及他们的确切期盼或恐惧。

你也可以用自己独特的方法寻找写作题材和目标。不妨搁置理性、率性而为，让自己习惯于捕捉流动的思想和情感，习惯于观察身边的人或事，从中选取最具吸引力的一个作为写作目标。也许在百般找寻之后一无所获，还得以自己的现实生活为蓝本。没关系，只要看清自己内心那个不可预测又杂乱无序的世界，你总会写出些什么的。

作家其实就应该像小孩那样天马行空、胡思乱想，这样做并不是犯傻，也并不应该被阻碍，作家甚至还要在心底为这样的想象专门留出一块空间，静静等待创意的到来。一旦将自己带入到人物的世界，相应的事件就会应运而生，故事写起来也会得心应手。不论是细致耐心地尝试还是烦躁不安地试验，这种写法都需要投入大量时间。

有时，作家还要绕开人物，在外部设置事件。当然不是那种从天而降的牵强事件，而是日常生活中普通的小事，比如求婚过程中电话突然响起，产生矛盾时孩子恰巧受伤。所谓无巧不成书，正是这类安排恰当的外部事件改变了故事的走向。如同蜘蛛结网，有时关键事件需要提前铺陈。还要集中精力审视已经完成的部分，并找到漏洞。比如某个人物需要随身携带什么东西才能让前面的桥段更合理？这个东西对她来说必不可少，但前文中却未曾提及。这个东西还能衍生出什么？她在前文中已经具备了哪些特质？这些特质又促使她做出什么决绝的事情？前文已经埋下了哪些伏笔？它们又将引发什么新问题？如果这个人物是古董店员或山羊饲养员，那么她应该具备哪些相关技能？还有怎么也绕不开的一个问题——故事的发生地是哪里？哪个城市、地区及国家？一些新手不愿在作品中点明地点，但奇怪的是，地点越具体，故事非但不会变得狭隘，反而会显得真实和亲切。如果将地点设置在密歇根北部、佛罗里达中部或马萨诸塞的斯普林菲尔德，那么人物就得像当地人的行为方式靠拢。那个地方发生了什么改变了故事的走向？——在芝加哥，可能会赶上瑞格利球场的比赛散场，主人公们因为地铁太拥挤嘈杂而无法交谈；在好望角的话，其他人安逸地在小船上晒太阳，而主人公可能对贝类食物或紫外线过敏。

如果上述方法均宣告无效，就无所事事地坐上一阵子吧。想象力有时是憋出来的。我们探讨过浪费时间的必要性，请不要吝惜。记住，想象力终归会有所贡献，比如一个场景、人物或故事发生地……你可以此作为一部小说的起点，再添加其他元素，逐渐令其丰满成形。如同蜘蛛结网，从一个点连接到另一个点直至形成一张大网，这样一来，它就能悬浮在半空而不至跌落。

灵感来了怎么办?

What to Do with a Good Idea

记录想法

前阵子，我跟侄子小两口一起吃饭。侄子阿尼是医生，他妻子玛格丽特是心理咨询师。我特别喜欢与他们相处，因为他们天资聪颖、各有所长，虽然不是作家，却对我的写作事业高度认可。有段时间，阿尼一读到不太喜欢或认为写得不怎么样的小说，就会把概述寄给我看。我俨然是他眼中的小说权威，他想知道我的看法。而且我们俩的看法出奇一致——很糟糕。过了一阵子我对他说："真是受够了，请别再寄这种糟糕的作品来了。"

吃饭时阿尼讲了一件趣事，是从他们的一位朋友那儿听说的：那位朋友和丈夫在家请客的时候突然天降大雨，同时，隔壁施工噪音阵阵，马桶还碰巧坏了。尽管他们准备充分，但一连串的突发状况还是毁掉了聚会。这故事非常典型——厄运连连还带点喜剧色彩，灾祸和喜悦相互交织，结局皆大欢喜。阿尼说，这位朋友后来把这件事写成了短篇小说，但一点儿也不好玩，甚至不像个小说。他记着我之前的嘱咐，并没有寄来稿件，但我却很想看看：如果算不上短篇小说，又算是什么呢？为什么同一件事，在餐桌上听时觉得那么有趣，而写成文字就味同嚼蜡？问题到底出在哪儿呢？

我曾在小说创作研习班讲过这个例子：这则趣事只是个小插曲，或者说偶发事件，离所谓"短篇小说"还差得还远。面对面讲出来当然趣味横生，因为听众只是想从中找乐儿。付诸笔端后之所以无趣，是因为小说这种文学形式对惊险和趣味性有更高的要求，而零散单薄的小插曲显然还不够。当然，有的读者喜欢相对没那么惊险的小说，但这些作品在事件呈现上可能更有趣，或情感更强烈。那些真正称得上有趣的故事，即便不会危机重重，但危急时刻的紧迫感一定十分真切，看似不可能但又符合逻辑的铺陈会让读者在那时那刻没来由地确信，故事中的人物一定能成功脱险。但阿尼的那位朋友似乎无意编写一个这样的故事。当她把口述内容直接付诸笔端时，读起来就显得过于严肃了。我认为把这个素材进行如下加工可能会更接近一部短篇小说：作为主人公的主家夫妇之间并不融洽……丈夫是位画家……状况频发之下妻子愈发不耐烦……她情绪崩溃脱口而出:“我从未喜欢过你的画!”如此一来，小灾祸毁掉了一段婚姻。我享受这种在虚构故事里挥洒想象力的感觉，阿尼和玛格丽特对此惊叹不已。

如果阿尼的朋友想通过非虚构的方式改进有关灾祸的描写呢?如果她想以回忆录而非小说的方式呈现这段经历呢?她依然需要设置一些惊险的情节吸引读者读下去。即使不是虚构，她也需要诉诸想象力，通过回忆，从过往的生活经历中找到一些元素，使这次家庭聚会更丰满更有意义。她也许可以先扪心自问，为什么自己对这些突发状况如此耿耿于怀。过去也许发生过类似的状况，童年时代、结婚初期或父母年迈时(总之在情感脆弱的某个时期)，微不足道的小状况曾引发过大危机。她得强迫自己直面过去的困境，如果拒绝唤醒那段不愉快的记忆，就没法把故事写好。虽然与虚构无关，但仍需以想象力为跳板去唤醒记忆。

不论是虚构还是非虚构，使用上述两种方法都会改变故事结构。另外，对结尾我也有意见:正如阿尼所说，这个故事没有结局。为了让故事有头有尾、自圆其说，还要再次回到原点，对故事开篇或主体部分进行修改和铺陈，比如描述几件丈夫的绘画作品、聊聊女主人公的童年回忆等，这样故事结局才会显得更自然、掷地有声。阿尼也认为，他的朋友只是把零散的真实事件由口头表达直接转化为文字，并没有进行加工处理，作品也因此而缺乏故事性。

我们会把零散的想法记录在笔记本、电脑文件夹甚至是纸巾上。然后我们要怎么处理这些想法呢？所谓“想法”，可以是第二章论述想象力时提到的灵感，也可以是无意间听说或看到的事情、某个声音、一段记忆、别人的经历，或是某些无厘头点子（比如这里应该描写一个枕头，或橘黄色的什么东西），我们称其为创作原点 A。接下来再从 A 发散到 B，再逐步推进到 C 和 D……这个方法适用于所有虚构文学创作。小说家有时会觉得回忆录作家在这方面更得心应手一些，因为他们的创作基于既定事实且有章可循。但实际上回忆录作家也都以无中生有的方法开始创作，创作原点也是一些零碎的想法，由于这些想法主旨不明、结构混乱，如果直接照搬，读者是不会买账的。也就是说回忆录作家也要对创作素材进行加工处理，也要运用想象力先创造出一个情景并以此为开端，再考虑接下来的内容。但是，这种由点及面的顿悟从何而来？作家又是如何从一个不成形的想法出发写出一部完整作品的呢？

差点儿发生的和本该发生的

别急着要成果。学习写作的最佳方式就是从其他作家的创作过程里学几招，看看他们如何解决我们的问题。当然，偷师要尽量低调。一部完结的作品不会将创作秘诀直接告诉你，即使折服于某位作家的写作技巧，也不能直接问人家是怎么安排场景和情节的，亦无法得知他们的创作灵感从何而来，就像我们不论多努力回忆，也说不清自己的灵感从何而来一样。但作家都会在无意间留下一些线索：按图索骥，就会在某种程度上还原他们的创作过程。本章将列举一些作家及其作品进行分析。

威廉·麦克斯韦尔生于 1908 年，于 2000 年去世，他的长篇和短篇小说要么发生在伊利诺伊（他在那儿度过了童年），要么发生在纽约（作为《纽约客》杂志的编辑，他在那儿度过了漫长的职业生涯）。他以自己有限的人生历程为基础进行小说创作，但得益于想象力，他的作品呈现出了不同的面貌。

麦克斯韦尔十岁那年正赶上 1918—1919 年爆发的流感，他的妈妈不幸染病离世。这是他人生中绕不开的一件大事，也曾在其小说中反复出现。三部长篇小说《妈妈走的那一年》《折叶》（*The Folded Leaf*）以及《再见，明天见》都包含类似情节：小男孩的妈妈死于流感，幼年丧母导致其内心敏感。麦克斯韦尔在其记录家族历史的非虚构作品《祖先》（*Ancestors*）中也提及了这段往事。

1937 年出版的《妈妈走的那一年》是他的早期作品，先后以八岁的小男孩、男孩哥哥和爸爸的视角，讲述了父子三人生活的变化。随着情节的推进和叙事视角的转换，叙事风格也愈发成熟客观。第一部分以小男孩邦尼的视角切入，他在沙发上打盹儿，妈妈正在和姑妈聊天，叙事随着他的意识流动而展开：

> 邦尼阖上眼帘，遁入短暂的梦乡。阳光从飘窗中照进来，他的睫毛像长矛般又长又密。妈妈起身走向壁炉架，片刻后又回身坐下，放了个盒子在腿上。

得知妈妈怀孕，邦尼提出了反对意见，还试图以“班上有位同学染上了流感，而且自己也病了”来劝服妈妈。这时电话响起，欧洲那边的战争终于结束了。

第二部分以哥哥的视角切入。医生告诫怀有身孕的妈妈与患病的邦尼保持距离。一只小鸟飞进了邦尼的房间，大家都忘了医生的嘱托，哥哥、妈妈、姑妈一起涌入试图把小鸟赶走。几周之后，邦尼的父母去一个大城市旅行，并在当地医院生下了孩子，但两人都染上了流感。这一部分结尾，哥哥躺在床上听亲戚们谈话，并得知妈妈已经去世。他因未能在驱逐小鸟时阻止妈妈进入邦尼的房间而自责。

小说的最后一部分，因为妻子去世而自责的爸爸渐渐重拾生活的信心，决心好好将孩子们抚养成人。有人劝解哥哥，妈妈并非是从邦尼那里染上流感的。爸爸也逐渐领悟到，“很多时候，结果并没有那么重要，尽力了便没有遗憾。”爸爸搭着哥哥的肩膀走出家门，不知不觉地走到妈妈的墓地……最后他们转身离去，开启了新生活。

以麦克斯韦尔的非虚构类作品作为参照，上述细节还不算原样照搬现实生活。他在另外两部作品中真实还原了妈妈去世这一事实：一部是 1971 年出版的《祖先》，讲述家族历史的非虚构作品；另一部是小说《再见，明天见》。妈妈去世时，麦克斯韦尔已经十岁，而前文中的邦尼才八岁，这个年龄的小孩对于妈妈去世的感知还不那么强烈，从而有了更宽广的想象空间。现实生活中，与爸爸携手并进的是麦克斯韦尔本人而非他哥哥。但在《妈妈走的那一年》中，必须由哥哥来承担这个角色，绝望和自责这两种情绪才能分别借由爸爸和哥哥的叙事角度得到相对中立、客观的宣泄。在小说创作初期，麦克斯韦尔选择了最想表达的主题，或者说最驾轻就熟的主题。

《再见，明天见》的结尾处，麦克斯韦尔是这样描写丧母之痛的："其他孩子应该能承受这件事，我哥哥也做到了。可我不行。"但《妈妈走的那一年》里的类似描写就有点不着痕迹，虽然邦尼也非常难过，但显然主题是爸爸和哥哥能否承受这个打击。

麦克斯韦尔出版于 1961 年的另一部长篇小说《别墅》(*The Chateau*) 讲述了一对夫妇在 20 世纪 50 年代游历法国的故事。这部作品的主题显然不是丧母之痛，但描写哈罗德 · 罗兹的青少年经历时，麦克斯韦尔还是借他的视角罗列了其他人的故事。其中一位"在孩提时代，妈妈每晚临睡前都要进屋给他掖被子”，另一位“七岁那年的某一天，爸爸用宽大的手掌拉着他去医院探望生病的妈妈，但妈妈状况不佳无法接受探视”。麦克斯韦尔对事实进行了微调：那位想要去医院探视母亲的小男孩只有七岁，因为紧张，他拉着爸爸的手。如果按照《祖先》和《妈妈走的那一年》的表述，那时他的爸爸实际上也身染流感，和妈妈住在同一家医院，而孩子们远在大洋彼岸。但《别墅》中只有妈妈去世了，让爸爸牵着孩子去看望妈妈能增强身临其境的感觉。

而在出版于1945年的《折叶》中，妈妈去世时小男孩已经十岁了。小说开篇时，莱米·彼得斯是个高中生，结束时他已升入大学。这部小说讲述的是莱米和斯普德·莱瑟姆之间的友谊。莱米身体瘦小、感情脆弱、体育差但学习好，而斯普德体格健壮、极富运动细胞。莱米的家庭不完整，他是独生子，爸爸是个好吃懒做的酒鬼，麦克斯韦尔的爸爸则是受人尊敬的商人。莱米毫无保留地爱着斯普德，忍受着他的冷漠、厌烦甚至是无情以对。莱米向斯普德示爱遭拒后还试图自杀。从某种意义上说，这部长篇小说写的是潜意识里的同性之爱，但在描述莱米对斯普德的爱恋时，切入点却不是斯普德的男性身份，而是莱米的无助——莱米幼年丧母，在孤立无援的境遇下长大成人。没有这些情节的铺陈，读者便无法理解莱米性格中的消极和软弱。

威廉·麦克斯韦尔是否有类似斯普德这样的同性密友我

们不得而知，但他本人在生活中并不像莱米那般孤立无援：他有两个兄弟，爸爸后来也再婚了。在《折叶》及《再见，明天见》中，小男孩都对爸爸热衷于参加狂欢派对表现出十足的厌恶之情。只不过在《再见，明天见》里，派对只是拘谨生活中偶尔的调剂，即便有时会令人尴尬，但也不像《折叶》中那样，成为爸爸失职的证据。即使麦克斯韦尔真的经历过《折叶》中的事情，他也会按照自己而非莱米的方式来应对。莱米性格的软弱性是这部小说的主题，事件和情节也是为此主题服务的。

1980 年，麦克斯韦尔以七十多岁的高龄出版了《再见，明天见》，讲述的故事依然是年少丧母，但相比非虚构作品《祖先》，这次的讲述更贴近事实。确切地说，就像把潜藏于记忆深处的故事以口述形式娓娓道来，采用了客观总结而非戏剧化渲染的方式，甚至没有对话。

麦克斯韦尔十几岁时，爸爸再婚并特意盖了新房。《再见，明天见》中，主人公回想起每天建筑工人离开后，他都会和一个不太熟悉的小男孩去尚未完工的房子里玩。几年后，他再次碰到那个男孩时却只是远远地看着他，并未上前寒暄。因为那个男孩的爸爸杀了人。主人公一直为当时有意疏远儿时玩伴而心怀愧疚。这部长篇小说带有回忆录的成分，能够从中读出麦克斯韦尔迟迟无法释怀的心情。

故事中的凶杀案是真实的，男孩的爸爸确实杀了人，但出于对儿时玩伴的情感补偿，麦克斯韦尔将这个故事写得丰满翔实，充满了想象力和人情味儿：佃农爱上了朋友的妻子，并因此被朋友所杀。案件以各个人物的视角交替呈现，包括佃农和朋友、他们各自的妻子，最绝的是那条狗。每个角色都曾陷入失望悲伤，但却仍然亲切可爱。

麦克斯韦尔肆无忌惮地将现实与虚构合二为一，令人拍案叫绝。当作品需要事实来支撑合理性时，就呈现真人真事。当事实无法支撑故事的完整性和丰富性时，就用虚构来补充，进入想象世界——但仍要以合情合理为前提，不能忽略真实性。当某一事实不太符合作品需要时，也要对其稍加修改。与其他优秀作家一样，麦克斯韦尔深谙如何虚构出看似真切但并非事实的情节。更为重要的是，他善于从现实或想象中寻找灵感来刻画细节（比如人物内心的挣扎），并用这些细节把前面所说的情节给串起来，从而形成一个连贯的故事。有时，他对事实不加任何修改，再虚构出与之相符的情节。有时，他按照叙事需要对事实进行调整，再虚构出与调整后的“事实”相符的情节。总之，他放任自己在想象的世界中徜徉。

脱离现实的杜撰

《阿尔弗雷德与艾米丽》是多丽丝·莱辛 2008 年出版的作品，那时她已八十九岁，从某种意义上说，这部作品也算是一位老人的回忆录。与麦克斯韦尔的创作相似，这部小说也用不同方式讲述了同一个故事。关于作者怎样打破常规超越自己，这部作品可以给我们一些启发。莱辛在前言中写到，这部小说讲述的是父母的生活及“一战”给他们的生活带来的改变。因此，她在前半部中设想了假若没有“一战”，父母该过着怎样的生活。后半部是回忆录，描写“一战”如何改变了父母的生活。很多作家在创作小说、诗歌和散文时，都试图将父母从现实生活的错误和困境中解救出来，莱辛也是，但她的写法独辟蹊径。

莱辛将前半部定义为中篇小说，全景展现阿尔弗雷德·泰勒和艾米丽·麦克维的生活，即想象中没有“一战”的生活。而没读后半部的回忆录，就无法深切感受前半部所蕴含的凄美力量。莱辛在后半部中完全凭借记忆再现了父母的真实生活：“一战”爆发后，妈妈成为护士，护理伤员给她的精神世界带来重创。爸爸本想留在英格兰经营农场，却在战争中失去了一条腿。婚后，两人离开英格兰并在罗德西亚[1]定居。爸爸在那儿购入了一座土地贫瘠、位置偏僻的农场。怀着殖民主义信念，他们憧憬着在大英帝国海外殖民地过上生机勃勃的新生活，与其他欧洲移民打交道、共同努力，用欧洲的文化、艺术和文学开化当地人。妈妈为此特意买了晚礼服，但被蛀虫咬坏。

[1] 编者：罗德西亚，1980 年更名为津巴布韦，位于非洲南部的内陆国家。

后来农场经营不利，爸爸去世。妈妈坚持给女儿讲故事，并订阅英语书籍，这似乎是多丽丝·莱辛印象里少有的关于妈妈的快乐回忆。大致说来，母女之间相处得并不融洽，常常怒目相对。“孩子能体会到父母的喜怒哀乐吗？”莱辛自问自答，“是的，可以。但我宁愿自己感觉不到。”

前半部虽然以虚构为主，但并非完全脱离现实，而是对现实生活中的重大事件适度修改后而形成的“类现实”——这有点像科幻小说的写法，莱辛确实也写过科幻小说。阿尔弗雷德和艾米丽在前半部中是好朋友，而非夫妻。经历苦难深重的童年之后，阿尔弗雷德被朋友家收留，并在那家人的农场工作。那位朋友酗酒成性，但阿尔弗雷德和妻子对他细心看管，最终使他成功戒酒并顺利结婚。他们各自生儿育女，继续在农场生活，阿尔弗雷德渐渐有了行事严谨的长兄之风。几十年后“一战”爆发，年轻人将战争浪漫化，纷纷投身参战国的军队。除此之外，阿尔弗雷德的生活相安无事，最终颐养天年。

艾米丽则违抗父命成为战地护士，与莱辛妈妈的现实经历如出一辙。后来她放弃护士工作，嫁给了一位帅气富有的医生。但这桩婚姻并不圆满，夫妻的性生活不和谐，也没有生养子女，艾米丽操持家务并维持豪宅的正常运转。丈夫年纪轻轻就去世了，艾米丽对后半生感到茫然无措。

玛丽·莱恩是阿尔弗雷德和艾米丽年少时的好友，后来艾米丽搬去乡下与她同住。有一次，艾米丽不得不与一个小孩单独相处数小时，她惊奇地发现自己竟然能不间断地讲很多故事。她找到了自己的专长，并受此鼓舞开始专职讲故事，来听故事的人也越来越多。

玛丽问："你那么多灵感从哪儿来的？"艾米丽答："我不知道。"

讲故事的天分改变了艾米丽的后半生：在朋友的帮助下，她拿出丈夫的遗产，又募集了一些，以此为基础订购了大量图书，开办了蒙特梭利学校，并在英格兰各地开办分校。由于能力卓越、精力旺盛，她还在人事复杂的慈善组织当上了负责人。虽然磨难重重，但她都一一克服。艾米丽去世时七十三岁，与莱辛妈妈去世时的年龄吻合。

前半部没什么情节可言。由于两位主人公并未结成夫妻，更没有共同养育孩子，也就没有与多丽丝·莱辛对应的人物。没有"一战"，也就没有了冲突和困境的导火索。如果说战争摧毁了父母的生活，反过来看，战争也塑造了他们的生活。没有"一战"的前半部读起来与田园小说无异。不同于传统小说，田园小说没有快速推进的情节，牧羊人的生活也没有大风大浪，而田园小说要的也正是与现实世界的"脱轨"。过去几百年里的田园小说缺少的元素实际上就是"城市"。理想中的乡村干净、安全、纯朴，而莱辛处理得更彻底，她让每个人都必须面对的真实残酷的现实消失了。摆脱了"一战"，阿尔弗雷德和艾米丽的田园生活宁静宜人但略显乏味；在以真实历史为背景的第二部分，人们虽经历了苦难，但整个故事却拥有了饱满的张力和明确的主题。

尽管莱辛在前半部对父母的生活做出了相对幸福的设想，但基调其实还是悲伤的。针对某些人物或事件的现实原型，莱辛用照片和一些偶然的言语做出了暗示，并以此为基础进行推断——如果“一战”没有爆发，当时的父母会做出怎样的生活抉择。不过，或许悲伤和愤怒的情绪才是推动莱辛改变现实进行虚构的主要驱动力。

修　辞

创作小说的过程中，我们往往会下意识地使用修辞手法，比如暗喻、明喻、拟人、夸张等。由于不能直接照搬现实生活，或者说那样还无法支撑起一部小说，所以必须另辟蹊径，而修辞就是一种方式。对于无法直接付诸笔端的现实，要么找到与之类似的对应物，利用象征手法进行创作，要么绕路而行，拐着弯儿描述。但这并不是说修辞手法是一部优秀作品必备的要素（尽管它可以制造出精彩难忘的瞬间，但很多情况下实无必要），因为一旦现实原型恰如其分，根本无须修辞辅助。而且，有时修辞的效果反而会阻碍情感表达。在我看来，修辞是小说创作中压箱底的技法。所以我下面要论述的有关修辞的内容，仅仅在必须“另辟蹊径”的情况下适用。

不论短篇还是长篇，小说本身其实就是一种暗喻手法：故事中的事件与现实生活并不是一模一样的，但却是对现实生活的高度概括。比如，用关于死亡的故事来表现怅然若失的遗憾。

夸张就是对事物进行夸大的表述。谨小慎微的作家可能会幻想自己是暴力受害者，进而创作此类题材的小说。一件至关重要的事在现实生活中拖延了好几个月，在故事里可能会拖延几十年。

拟人也给小说创作提供了巨大空间。比如，以抽象的想法或恐惧心理为原点，运用拟人手法塑造出身体和性格，将其人格化，这样一来心中挥之不去的焦虑就能以人物形象呈现出来，化身为一位疑神疑鬼、负能量十足的亲戚。

曲言也是一种修辞手法，通过否定之否定表示肯定，比如用“不差”表达“好”。莱辛的《阿尔弗雷德与艾米丽》前半部，从整体上看就是加长版的曲言法，小说的主旨和震撼力潜藏在那些被隐去或否定的元素中，即“一战”和其带来的后续影响。

借代是指精准描写一两个动作或对象以传达整个情境的感觉，也就是以局部表现整体。令人动容的细节象征着其所在的整体的态势，就像麦克斯韦尔用小男孩握紧爸爸的手预示妈妈即将去世。

修辞的作用，是填补语言不能填补的空白，但并不是故布迷阵的工具。比如梦境，由于它过于模糊、尴尬甚至可怕，所以很难在现实生活中具体呈现，但可以通过修辞来表现。

莱辛的作品中，玛丽·莱恩问艾米丽灵感都是从何而来，艾米丽表示自己也说不清楚，一旦灵感来临，故事水到渠成。但是我们是可以窥见一二的。那时候艾米丽回到了她度过童年生活的乡下，在此疗愈失去丈夫和家庭的痛苦，讲故事恰好成为她排解痛苦的一种方式。而她讲给小孩的故事无非就是把食品储藏室里的猫和老鼠进行拟人化处理。

一旦适应了想象力的运转方式，就能对现实生活进行修辞化处理，并以此为基础创作小说。比如，你可能在离婚数年后突然发现，那部关于士兵生活的战争小说正是你内心挣扎的暗喻；或者与邻居有过节的你写了一部小说，讲述纵火犯如何兴奋地放火烧掉房子以发泄自己的愤恨之情，虽然现实生活中你只是礼貌地在邻居家门上贴个便签提醒一下。写作时会释放潜意识，把现实中无法付诸实践的剧烈情绪呈现出来。如果在意识清醒时人为地设置如此戏剧化的情节，可能会因为用力过猛而使作品失真。

从主题到完整的作品

马克·吐温的最后一部长篇小说《神秘的陌生人》有三个版本，但都未完结。1910 年马克·吐温去世后，他的传记作者兼遗稿执行人艾伯特·比奇洛·佩因于 1916 年出版发行了第一版《神秘的陌生人》，1969 年前市面上的都是这一版本。马克 · 吐温的晚年生活并不尽如人意：闷闷不乐、愤世嫉俗、偏执成性，与未成年少女纠缠不清，还迷恋地称她们为“神仙鱼”。至亲好友竭尽所能护其周全，不让糗事公之于众，这也许是佩因选择第一个版本出版的原因。马克 · 吐温将这部未完结的作品命名为《小撒旦纪事》（*The Chronicle of Young Satan*），而佩因在发行时将其改为《神秘的陌生人：一部罗曼史》（*The Mysterious Stranger: A Romance*），并将第三个版本中的最后一章加进第一版作为最后一章，还添加和修改了一些内容，以使叙事连贯完整。

威廉 · 吉布森将马克 · 吐温第三个版本的原稿以及佩因增补的部分整合编订，并在 1969 年以《44 号，神秘的陌生人》（*No.44, The Mysterious Stranger*）为名出版发行。出版背后的秘闻以及各方人士的解读赋予了三个版本以特殊意义，而不仅仅是作者将最初的灵感写成小说而进行的三次尝试。伯纳德 · 德沃托曾对佩因出版的第一个版本做出如下评论：马克 · 吐温“从精神错乱的边缘回归，终于获得了正常人晚年应得的内在平和”。因此，我们有必要仔细分析并从中学到点什么。

与麦克斯韦尔和莱辛相似，马克 · 吐温的创作也始于强烈情感的驱动。但与众不同的是，他基本无视现实，而是从抽象想法出发，再设计出作品来呈现这种想法。吉布森在《神秘的陌生人手稿》（*The Mysterious Stranger Manuscripts*）的序言里引用了马克·吐温创作笔记里的一段话。这段话写于1895年，两年后马克·吐温才开始着手写这部小说：

> 奇怪的是，市面上居然鲜有著作嘲弄这悲惨的世界、虚无的宇宙以及卑劣的人性。就没有拿这无聊透顶的体制开涮并狠狠抨击的书……为什么我不写这些？因为我有家庭。仅此而已。

第一个版本的故事背景为1702年的奥地利小镇。一个帅气的年轻人出现在三个男孩面前，他说自己是一位天使，名叫撒旦。但事实上他是撒旦的侄子，还会施展魔法。三个男孩想抽烟但没火，他吹了口气就点燃了香烟。他还用黏土捏了个小镇，里面的人和牲畜都活了起来，三个男孩喜出望外。当他玩尽兴了，就亲手毁了黏土小镇，里面的微型生物发出了痛苦恐惧的嚎叫。随着情节的推进，他不断施展神乎其神的魔法，以此证明道德观念除了惹麻烦之外一无是处。他对三个男孩中的两人发出警告，说另外那个男孩会溺水身亡。结果第三个男孩果真溺水，另外两个也未能成功挽救小伙伴的生命。除了牧师被冤枉的情节之外，故事总体聚焦于自称撒旦的年轻人如何对抗伦理道德并不断施展魔法，所有情节都是作家灵光一现的结果，并没有事实作为支撑。在这个版本里，马克·吐温为服务于故事主题，过于人为地设置情节，故事本身也没有出人意料之感，而且没有结局。

第二个版本《校舍山》（*Schoolhouse Hill*）更为简短。故事发生在与马克 · 吐温儿时家乡类似的美国小镇。汤姆 · 索亚、贝基 · 撒切尔和哈克 · 芬恩放学回家时遇到了一位名叫 44 号的年轻人，他神秘帅气，也会施展魔法。较之于第一个版本，44 号的道德缺失是逐渐展现的，故事里的人物数量更多，性格也更多元。比如男主人公除了会施魔法，还被赋予了其他特质。不过情节依然寡淡，所有内容都直接服务于作者所要表现的主题。

马克 · 吐温是一位大名鼎鼎的作家，但我们知道，任何人在酝酿新作时都要另起炉灶、重新出发。那时的他年事已高，对生活充满倦意，所以第二个版本更像是创作之初拟定的大纲构架，所有事件都直奔主题、有的放矢。但是只有暂时忘却主题，才能更好地体会到细节对主题的渲染，否则就会流于说教。

第三个版本《44 号，神秘的陌生人》中，马克 · 吐温尝试让主题隐身。地点依然是奥地利小镇，但时间提前至 1490 年，那时印刷机刚问世不久。在这个版本里，印刷技术成为核心元素。印刷技术本身虽不能表现人性的卑劣或自视清高者的残忍，但却能串起情节和人物，组成连贯的故事。只有让人物身处真实的情境、解决具体的问题、实施明确的计划，故事才能更生动，如果只是就事论事，主题就会显得空泛。

比如表现气愤，如果人物身处客厅，他们只能互相指责“抠门儿！”或“太粗心了！”；但若身处游乐场，他们便可以就具体问题各抒己见，不论是对付缺斤少两的冰激凌小贩，还是从发生故障的摩天轮逃生。第三个版本的主题依然是人性的自私与残忍，但这次，马克·吐温通过真实事件来呈现出主题。

叙事者奥古斯特是印刷厂的学徒。老板有座城堡，和家人、仆人、宠物及一帮印刷工人一起住在那儿。这样一来，人物数量及人物关系就足够支撑起一部小说了，甚至有点过剩。与头两个版本类似，名叫“44 号”的年轻帅气男子出现，依然会施展魔法（比如凭空变出食物之类的），这次他想找份工作。在奥古斯特的帮助下，“44 号”学会了印刷技术，各种情节就此纷纷展开，有的趣味盎然，有的索然无味。比如，他施展魔法把势利的女佣变成猫；他在其他人罢工时独自完成了工作；他克隆出印刷工的分身，一旦克隆人没有按时就位，本尊就要受罚……马克·吐温不仅成功表现了主题——即道德感是烦恼的源头——还通过许多其他事件的描写丰富了整部作品。至于“44 号”施展的魔法，有的乏味无聊，有的好笑滑稽。

第三个版本不仅真实地展现了印刷技术的细节，还包含生动的对话、有趣的人物以及有章可循的情节。而且这个版本是有结尾的，奥古斯特和“44 号”都有各自的结局。“44 号”离开之际说他们将永不复相见，奥古斯特说：“你是指这辈子，还是来世？我们来世还会再见，是吧，‘44 号’？”“没有来世。”

面对奥古斯特的疑问,"44 号"说道,"从来就没有上帝,什么宇宙呀,人类呀,现世呀,天堂呀,地狱呀,都是胡扯。"

最后,奥古斯特感叹道:"他就这样离开了,留我独自彷徨。事到如今我才明白,他所言非虚。"

所以马克·吐温是如何从 A 点出发联想到 B 的?我想别无他途——先受到强烈情感的驱动提起笔,然后在摸索中逐渐展开思绪。他在晚年发现天地不伦、人无来世、生活无意义,这些想法显然成了驱动力,引发了他的绝望情绪并成为创作灵感。然后马克·吐温虚构出"神秘陌生人",他有着迷人的外表、强大的信念以及超越道德的漠然,而且作为主要人物,他在不同版本中都以相对统一的形象出现。接下来的情节构思,马克·吐温做了三种尝试才获得较满意的版本,效果也还不错。当他想到"印刷厂"时,突然就文思泉涌了,城堡和其他人物应运而生,写作变得流畅而又充满生命力,赋予"44 号"魔法能力也使故事的走向愈发丰富多元。主题在结尾处再次凸显,甚至可以说,最后的场景就是主题宣言。这部小说虽不是马克·吐温的上乘之作,但是"44 号"散发着迷人的魅力,奥古斯特也诚挚动人。显而易见,第三个版本更真实、更有力量,也让主题中的黑暗和绝望更为突出,也许这就是马克·吐温的遗稿执行人当初将第三个版本弃之不用的原因。

不论是小说、随笔散文还是诗歌,我们所说的故事创作不过就是将一个想法具象化、意义化的过程。可以直接诉诸想象或回忆，先记下闪现的单一事件、想法、影响或事实。总之，先把涌上心怀的事件统统记下来，再从中筛选。不论是虚构的还是真实的，任何一个闪念都不容小觑，独一无二，没准儿就能够成为某部作品的主题。想要更好地发挥想象力，就不能把小说创作束缚在可控的范围内，不能囿于已经发生的事件，也不能被已有的想法所限。

想象力丰富的作家会试着从不同角度开始。麦克斯韦尔以年少丧母为出发点，为了表现不同主题而对这个故事原型进行相应的调整；莱辛以父母普通的生活为出发点，从全新角度虚构出另外一种可能性。作为作家，我们必须敞开心胸、解放思维，以更加开放灵活的心态进行创作。同时，坦诚对待心中的强烈情绪（不管它是正面的还是负面的），让潜意识里的情感得以显现并为我所用。只有这样，作家才能找到足以负载自身精神世界的恰当主题或故事情节。换言之，能够触动作家灵魂的主题也必然会给予读者心灵震撼。接下来就是修改，反复地修改，三遍、三十遍，甚至三百遍……直至将其整合得足够连贯完整。就像放风筝，虽然要不断控制绳线使其飞得更高，但前提是让它先飞起来。

灵感降临时，作家需要静下心来仔细聆听和感受，以足够的耐心去玩味品鉴，聚精会神地捕捉闪现的念头，看看这些念头是否让自己感到震撼或是惶恐。我们需要聆听自己内心发出的声音，如同心理医生以平和的心态面对患者，聆听他们的诉求。作家在创作伊始，大脑一定是超负荷运转的：抽象的想法、生活的回忆、各种意象和颜色、听说或者想象出的事件，等等。接下来，如果我们在主观上愿意敞开心扉接收这些讯息，就能以此为基础衍生出更多灵感。但这需要高度集中注意力，以顺其自然地进入小说创作的下一环节——创造性转化，即把普遍性元素转化为个性化元素，或把抽象想法转化为具体形象。比如，通过拟人化，把一个想法变成一个人；通过联想，由此事延伸到彼物；或者按照时间顺序构思：接下来在现实世界中发生了什么？接下来在虚构世界中有什么其他可能性？最后，在紧绷的神经放松下来之前，赶快把这些纷至沓来的灵感记录下来。

顺其自然

Let Happenings Happen

制造麻烦

前些时候我在住处附近的一家意大利超市排队结账，伴随着帕瓦罗蒂的歌声，人们一边挑选着要买的菜，一边用意大利语交谈，这时我后面有个人问收银员：

“洗礼会你去了吗？”

“去了。”

“有什么好玩的事吗？”

“没有。”

“啊，我想那是……好事吧。”他说道。

不管对洗礼会本身来说这是好事还是坏事，如果把这个洗礼会写成故事，没什么事情发生就算不上好故事。

新手的作品有时会因为缺少具体事件而显得单薄无趣。我也逐渐意识到，很多作者写的即便不是自传性小说，也并不想着力制造冲突，甚至认为制造冲突没有必要。这就像已经放飞的风筝又被引线拽回到地面上，但这里的“引线”不再是我们前文所说的“常识”，而是一种主观上的恐慌感。

显而易见，写作即使不必拿出大无畏的勇气，至少也需要适度的紧张感。尽管坐在电脑前瞪着空白页面敲字已经够难了，但这还远远不够。对作家而言，相较于学习创作方法，有意识地将所知所感运用到写作中更为困难。有些人喜欢在自己的情感舒适区内进行创作，其作品也会因此而缺乏事件的支撑，仅仅流于感情抒发，比如：某人心情不好——稍微好转——心情又更差了。

然而，麻烦和冲突才是故事的灵魂。洗礼会就该有戏剧性事件发生，小红帽就该遇见大灰狼。据我所知，有些作家试图以小红帽对外婆爱恨交加的情感作为切入点——外婆既不理解她，又拙于教育和引导。在现实生活中，这种情感具备十足的戏剧性，小红帽哪天绷不住了，可能会大肆宣泄。但若要把她的情感以小说的方式呈现出来，就得将情感“嵌”在具体行动中。也许人物的行动不会影响故事结局，但是必须要有改变故事走向的潜质。小红帽对外婆的愤怒和仇恨得通过大灰狼显现出来——“大灰狼吃掉外婆”这个行动足以改变故事的走向，至于最后外婆是否得救已经不重要了。换言之，行动不一定能改变故事的结局，但至少会形成一种逼真的、持续到结局压迫感，最后再挽回局面。

但为什么很多人不愿意这样做呢？我在学习写作之初有过类似体会：那时我特别执迷于在小说中展现内心的想法和情感体验，甚至认为这种描写多多益善，不理解为何要费力展现其他方面。同样，我写作班的学生有时也倾向于刻画那些没有行动力的“被动式”人物，不愿刻画人物的行动和相关事件。作家当然有权按照个人喜好挑选人物，但不得不承认，当一位新生说自己最喜欢写被动式人物时，我还是会有些失落。不过，被动式人物中也有好玩的类型，比如爱上浪子的弱女子，很多小说中都有这样的例子。如果热衷于此类主题，就有必要翻出钟爱的作家的作品反复、仔细阅读，先别管人物，重点研究情节是如何推进的。不论是人物的行动，还是诸如暴风雨、洪水或失火之类的天灾，总之，一定得发生了什么并引发了某些悬念，才能吸引读者读下去（有可能发生但并未真正发生的事情也同样有效）。你说你开心，但开心只是一种内在情绪，仅凭情绪是无法支撑起一个完整故事的。同理，你悲伤，但你的悲伤被动而低调，没有事件的辅助，也成不了一个故事。所以，切忌将人物特质与人物特质的呈现方式混为一谈。

我认为，有些作者（当然不是指您）不愿在设置人物行动、事件上下功夫的原因还在于，他们担心那些虚构出来的坏事情会在现实中应验。有此种心理暗示的人可以试着完全地虚构人物，而不是以自身或亲朋好友作为人物原型。如果以姐姐为人物原型，我当然不希望她遭遇伤痛、劫掠、背叛、遗弃或欺骗，也不会让她去做伤天害理的坏事。相信亲朋好友们也不会乐于见到以他们为原型的人物死于癌症或抢劫。这也是小说创作要基于虚构而非现实的另一个原因。

虚构的苦难不太可能变成现实，但会让作家回忆起以往的类似经历。比如，回忆录或小说中的悲惨事件以作家现实生活中的过失、遗憾或糟糕的经历为原型，写作时，作家就需要鼓起勇气来承受旧事重提的痛苦。即使脱离现实、完全虚构，作家还是会不可避免地将自身的情感经历投注在人物身上。没人愿意经受恐惧、嫉妒或愤怒这类负面情绪的二次伤害，这本是人之常情，但如果是写作需要，硬着头皮也得这么做。

此外，我们也很难对亲手创造的人物下狠手，即使明知他们是虚构的。有位悟性很高的学生在读了一部情节设置精巧、人物经历曲折的小说之后总结道：作家需要具备“虐待才智”。人物不断犯险、饱经沧桑，故事才好看，长篇小说尤其如此。但即使面对虚构的人物，绝大多数人还是不愿当虐待狂。我并不介意为难笔下的人物，但第一次把人物写死时（尽管他没有现实原型，而且年事已高才寿终正寝），我还是泪如雨下。

最近，有个学生正在写一部讲述女主人公试图扭转人生悲惨境遇的小说。她多次修改第一章，每次改完都与我分享。

其实初稿就不错，但每次修改都有明显进步。各个版本间大同小异，都从女主人公的青春期开始：她总是突发奇想地搞破坏，但后果都不很严重。大概在第四稿（由于作者一直在调整，我也记不太清楚），女主人公只做了一次坏事，但引发了连锁反应，其他人因此参与进来，完成了这件“坏事”。

从屡次修改的稿件中，我亲见女主人公的形象从无到有，直至对她了解颇深。当她不再搞破坏，我却有种被骗了的感觉。就像看《哈姆雷特》舞台剧的时候，原本善良而单纯的王子毫不犹豫地刺死了波洛尼厄斯。

这个学生对她的作品做了多次改动，其原因值得深究。她坦承太喜欢女主人公，所以想“宠着”她。随着创作的深入，她越发清晰地认识到犯罪可能会毁掉女主人公的人生，让她错失上大学的机会，但又不想让她落到如此悲惨的境地。当然，我这个聪明的学生很快便意识到这是不对的。我想说的是，这个学生很优秀，也很有天赋，连她都会在创作中犯这个错误，可想而知这个错误有多普遍。

人物只有犯错并身陷困境，才会具有真实性和吸引力。试想，“我侄子就读于最好的法学院，还遇到个不错的姑娘……”听起来是多么乏味。不良行为和悲惨遭遇才有戏剧性——事实就是这样。上面那位同学笔下的女主人公调皮捣蛋、以身犯险、滑稽古怪，这些负面特质不仅不会令人讨厌，还会令人喜欢。因此，作家不应过度呵护笔下的人物，那样会破坏其生动性。就像不能因为担心孩子受伤就不让他们体验人生，虽然看着他们受苦我们也会心痛。

让人物身陷困境还不够，得引发一定后果才行。那个学生预见到如果正常写下去，女主人公的破坏行为必然会引发悲剧。现实生活中，有问题当然应该尽早解决，比如和朋友之间产生误会，越快说清楚越好。但是小说和电影往往以误会展开，它不仅横亘在那儿，还会随着情节推进不断加深。现实生活中，人们会避免意外发生，一旦意外出现，也会尽快采取行动以防止它进一步恶化。但小说中，有麻烦才好看，困难重重更棒，这样的情节更加富有戏剧性。人物有机会犯错和弥补过错，并在此过程中激发出自身潜在的欲望、恐惧和需要，从而促成下一个事件的发生。如果一罐蜂蜜掉落在地，与此同时，一个婴儿正往那儿爬，作家就需要抑制住一把抱起他的冲动。婴儿划伤手指并非所愿，我们也知道虐待幼童是不对的，但只有这样才会引发下一个事件——婴儿的父母辞退了不负责任的保姆，婚姻生活中潜藏的问题再次浮出水面；保姆之所以未能及时抱起婴儿，是因为蜂蜜罐跌落的同时电话响了，是前男友游说自己去运毒。一旦问题出现，作家应该抑制为人物解决问题的冲动，甚至要反过来想想如何使之更加严重。问题层出不穷，故事才好看。

戏剧化要有，但别太过

我的学生不想婴儿被碎玻璃划伤还有另一个原因——那样会显得过于“戏剧化”（melodrama）。很多学生不止一次跟我说，他们曾认真考虑过在小说中安排一些悚动事件，但因为太过夸张而作罢。Melodrama 最初就是字面上的意思——音乐剧，即有音乐伴奏的戏剧，或戏剧及歌剧中演员诵读台词时有音乐伴奏的章节。维多利亚时代的 melodrama 指通俗剧，以恶棍、英雄、贫苦姑娘这类脸谱化的夸张人物为主，剧中的各种厄运灾祸都能轻松化解。后来，凭借凸显人物行为、放大人物性格及去除对话干扰的优势，以情节制胜的无声电影逐渐取代维多利亚通俗剧，开始在社会上流行。Melodrama 便有了如今“情节剧”的意思。

情节剧与严肃戏剧、电影的区别在于事件的数量、合理性以及语言风格，而不在于事件的类型。教写作课时，我曾选定《李尔王》作为阅读作业，当时就有学生说：“那不是肥皂剧吗?！”《李尔王》绝非肥皂剧，因为剧中多数人物都具有多重的性格、丰富的思想及应变能力。语言风格也很贴近生活，具有普适性，虽然包含大量人物活动，却都不算荒诞离奇。但不得不承认，《李尔王》中的悲剧色彩跟肥皂剧里的狗血剧情确实有点类似。莎拉姑妈大字不识几个，但跟老年活动中心的老太太们一起去看意第绪语版的《李尔王》舞台剧时她依然深受感动——她们可都是看着意第绪语戏剧长大的，也是剧中国王的扮演者莫里斯·卡诺夫斯基（Morris Carnovsky）的粉丝。

与严肃戏剧相比，情节剧更为夸张。写小说时应该向前者看齐，有一定的戏剧元素即可；如果向后者看齐，就会过于夸张。一旦发现作品过于感情用事或有违常理，可以通过改变语言风格进行调整。人物的行动只要在其所处的特定情境中说得通就不算夸张，一旦说不通，可以从情境入手进行调整——前文中人物是否有过类似行为？对该人物在特定行为下使用的道具的描述是否精准？假如有人被镇纸砸伤，那么什么样的镇纸才能造成这样的伤口？行凶者什么时候偷偷拿走了镇纸？在此之前为什么没人发现书桌上的镇纸不见了？如果凶器是枪，情况又会如何？如果是车祸，那是什么样的汽车？出事的路段在哪儿？假设红色福特皮卡把身穿棕褐色风衣的白发老人从旧罗利自行车上撞飞，怎样写才能让读者印象深刻？是把事发现场写得血肉横飞令人胆寒，还是有所保留、用事实说话？——在我看来，相对于夸张震撼的视觉效果，真实性更为重要，也更让人印象深刻。

其实绝大多数作家（至少是我遇到的，或者说正在看这本书的你们）都想写文学小说。我将文学小说定义为：人物和情节都具有多面性、真实性和吸引力的小说。换言之，文学小说虽然也会涉及暴力、情色和恐怖元素，但这并不应该是吸引读者的主要元素。

多年前，有个学生突然在讨论课上放声大哭。平缓下来后她说："伊丽莎白觉得我的作品很商业化！"可见，伊丽莎白同学很会戳人痛处。从当今的大环境看来，我甚至怀疑出版社为了追求销量会有意引导作家削弱作品的文学性，这其实不是什么好事。不过话说回来，做到商业化也非易事，当时我把嘴边的话生生咽了回去——你的作品很商业化？想得美！

很多新手想成为畅销书作家，但依然担心被贴上商业化标签。当我跟朋友抱怨学生的作品缺少事件支撑时，她说也许学生们只是不想使用那些"平常"的素材。不可否认，情节化会拉低小说档次，就像把《李尔王》搬上意第绪语舞台。但同时，小说又不能脱离平淡无奇的客观世界。要推测人物行为引发的结果，作家便不能完全依靠虚构，得有一定的现实依托。比如，搭飞机从达拉斯到波士顿需要多长时间？如何烹制奶油沙司？（千万别说用炖的，但凡会做饭的人都知道奶油一炖就凝固。听说还有诗人把炖奶油沙司写进诗歌，让整首诗都不足为信。）作家必须具备一定的生活常识，尽管它们既不浪漫也没有文学性。不想小说显得廉价，就要对作品中的事件和表述严加考证。

戏剧性要有，但这并不意味着离谱。最近我一直告诫一位同学："你的小说缺乏事件支撑。"他咬牙切齿地嘀咕："知道了，知道了！"结果，他在原本优美感伤的作品中加入了意外死亡和毁灭性的火灾。他确实精准写出了人物在厄运之下的彷徨和无助，对人物心理的刻画也很敏锐，但这一切都无法弥补过于耸动的事件带来的弊端。我引导他在构思祸事时别太夸张，要能激发人物做出反应，但又不至于让生活停摆。小说的第一章就有厄运降临，这还算是个有意思的开头。接下来呢？你不能用满满二百页的篇幅来写灾难怎样毁灭了一切吧？回到他的小说里，妻子都去世了，谁还在意夫妻二人有没有重归于好？在大火烧掉了房子和所有家产的情况下，孩子们如何面对一直以来忽视他们的父亲，又算得上什么重要的事？在小说中设置困境是为了激发出人物最真实的特质，而不仅仅是将他们推入绝境。

合理运用巧合

再说说巧合。毋庸置疑，现实生活中的巧合是令人愉悦的。我那位喜欢《李尔王》的莎拉姑妈每周都会去一趟布鲁克林商业区采购日常用品。有一回，她长篇大论地跟我和妈妈讲述她买了什么东西以及其他见闻，还说买完东西都没钱买回程票了，之后便不再言语。“那你怎么回来的？”爱较真儿的妈妈问道。莎拉姑妈平静无奇地答道：“我在人行道上捡到五美元。”在她看来，巧合压根儿不值一提。

大学时我有两个好朋友，虽然我们都住在纽约，但在相去甚远的三个地方。有天晚上，我们经过曼哈顿市区冷清的居民区时看见一个陌生女孩，闲聊间发现，大家都曾在回家的路上碰到过她。要知道那是三条完全不同的线路。还有一个例子：大学室友顺利通过博士论文答辩，我想给她一个惊喜，就趁她外出时在棚顶系上皱纸拉花，拉花一路垂落到地面非常好看。就在等她回来的空当儿，煤气公司的检修员按响了门铃，要做每七年一次的例行检查。他进来之后便蹲下身，在拉花下面调试炉灶。室友回来的时候，一打开门就看到拉花堆里冒出来一位手握扳手的男士，而我恰巧在客厅接电话。可想而知，惊喜泡汤了。

在我看来，美妙的巧合让人感觉冲破层层阻碍进入新境界，有时冲破现实的樊笼，有时滑稽可笑。莎拉姑妈身无分文时捡到五美元，而她本人不甚在意并坚信自己肯定会弄到钱的态度让我觉得很有趣，我喜欢这种天无绝人之路的乐观。在第二个故事里，要不是大学同学无意间提起，我们都不知道在人口如此密集、人情如此冷漠的纽约，我们三人居然有一位共同的“熟人”。那感觉就像被卷入到一个平行时空，在那里世界以完全不同的方式运转，又好像我们已经离开人世升入天堂。这种巧合很像弗洛伊德所说的“uncanny”[1]，又与传统宗教理念不谋而合。而现代文明恰恰是反神秘、反蒙昧的。

[1] 编者：uncanny，源自弗洛伊德 1919 年的散文 Das Unheimliche，是一个心理学概念，中文译法为“怪怖”，用以表现某种带有古怪的熟悉感的事物，而不是简单的神秘事物。

室友迎面碰上煤气检修员令人忍俊不禁，但这只是巧合的一方面。另一方面，后来我与现在的丈夫结婚，而她选择与一位女士共度余生。但数十年前（那时还没有同性恋解放运动），她只要身处男士聚堆儿的地方就特别别扭，偶尔还会精神紧张，她想弄清楚自己是不是女同性恋。我那时也没有勇气触碰禁忌。如今回想起来，我俩当时确实挺来电的。巧合发生的那一年我正巧有了男朋友，这让她很颓丧，还经常冲我发火。但那时我懵懂无知，还觉得是她的问题。

每当想到室友和煤气检修员在皱纸拉花堆里不期而遇，我依然觉得有趣，因为它凑巧得不像真事。我有时会想，手握扳手的男检修员突然在家里出现是否对她产生了某种心理冲击——也许这件事预示了未来一年我带给她的困扰。而且，室友外出参加博士论文答辩（人生中的大事件），煤气检修员不期而至（七年一次的例行检修）——这两件事同时发生，冥冥中似乎受某种神秘力量的安排，也成就了一个既严肃又逗乐的故事。

以上那些机缘巧合——尤其是其中包含的奇异性和不可预测性——对小说来说似乎很难得，你是这么觉得的吧？实际上，文学就是由各种巧合构成的——危机让所有人物在同一时间、同一地点汇聚起来；不起眼的陌生人原来是失联多年的亲戚；无关紧要的访客无意间撞破了秘密……但这种巧合和现实生活中的巧合却完全不是一回事。小说中的巧合不会带给读者出乎意料的感觉，因为虚构世界显然是人为安排的、可控的。而在现实生活中，我们虽不会对巧合抱有任何期盼，但一旦碰上，就会异常兴奋，因为它真的发生了。如果莎拉姑妈捡到五美元是小说里的情节，那种兴奋感也就荡然无存了。

《远大前程》的结尾，狄更斯让主人公皮普来到破败而浪漫的别墅，在月光下再次遇见一生的挚爱——艾丝黛拉。艾丝黛拉为之前的傲慢无礼向皮普忏悔。皮普心里想着："夜雾开始消散，一片广阔的静寂沉浸在月色之中，似乎向我表明，我和她将永远在一起，不再分离。"全书在此终结。按照狄更斯原来的构想，结局本应该是皮普和艾丝黛拉在市区街道上偶遇，互相问候然后告别，至此切断其他可能性。但狄更斯屈从于外界压力修改了结局，没有把话说死，留了点不确定性，也让故事相对圆满。尽管如此，圆满的结局也还是显得有些刻意，破坏了巧合本应有的魅力。当然，我们不会用当代文学的标准去衡量十九世纪的作品，所以狄更斯有意为之的巧合读起来还算赏心悦目。也许读者朋友们也有同感，以太刻意的巧合做结尾不仅会拉低整体格调，还会使小说显得不合情理。

我很好奇狄更斯和其他著名作家是如何兼顾小说的品质和巧合的。也许狄更斯时代的读者就喜欢离奇巧合的情节。因为宗教信仰，当时的读者可能会更接受巧合，如果一切都是上帝的安排，巧合就不是作家投机取巧的结果，而是烘托主题的叙述。也许与当代读者相比，当时的读者也更尊重作家权威，抑或本性更纯良，所以乐于接受美好而失真的巧合。有些人无法理解小说的虚构性，分不清虚构和现实的区别，我觉得你可以试着把《远大前程》结尾的巧合套用到自己或现实生活中的朋友身上，看看是否会有主人公那种战栗、兴奋的感觉。也许狄更斯的第一批读者看到这样的结局时内心更容易接受，可能还会觉得很开心，但你不能跟他们比。

有违常理的巧合对狄更斯而言可能无伤大雅，但对一般作家来说则会显得不够专业。我很少能在学生的作品中找到巧合，因为一旦运用不当，哪怕只是将令人激动的情节夸大一点，都会自曝其短，所以他们索性弃之不用。这其实挺遗憾的。我们又何尝不想在小说中加上自然合理的巧合呢？就像莎拉姑妈意外捡到五美元，或像室友无意中身陷荒诞情境，而这又碰巧与她的人生轨迹暗合……话说回来，怎样才能合理运用巧合呢？

首先，不能依靠巧合来化解难题，甚至改变故事走向，否则会显得不可信。换句话说，巧合不是一个故事的根本，而是增加魅力、提供线索的增量。第二，先发制人，以巧合作为故事的开头，继而引发之后的情节，这样一来，巧合就显得很自然。第三，创建群体。由于群体中的成员关系太过紧密复杂，巧合便在所难免了。我生活的小镇位于康涅狄格州的纽黑文，那里的人们时刻处于机缘巧合之中，都已见怪不怪了，认识任何人的途径都不止一条。常去的那家咖啡店里的店员就是同事的女儿——这类事情层出不穷。也许这是小城市的共性。在大城市，这种巧合就会让人啧啧称奇。

另外，巧合还得不着痕迹。E.M. 福斯特在 1910 年出版了小说《霍德华庄园》，其中的巧合虽然离奇之极，但又独具匠心，读起来并不显刻意。故事的主人公是施莱格尔家的两姐妹玛格丽特和海伦。由于种种原因，海伦和一对工人阶级的情侣结为好友，还带他们去参加婚礼。巧的是，女工杰姬曾是新娘子父亲亨利 · 威尔科克斯的情妇，而亨利又刚与海伦的姐姐玛格丽特订婚。上述所有人物关系都以玛格丽特的视角展开：前情妇杰姬喝多了，亨利走上前想把她赶走，而杰姬说："如果你不是我亲爱的亨利该多好！"一旁的玛格丽特压根儿没听明白，还替亨利向她道歉。而亨利却断定，这是玛格丽特和海伦两姐妹为了揭他老底儿耍的手段。他对玛格丽特说："现在你满意了吧？"玛格丽特更加摸不着头脑了。经过长达一页的痛苦争论之后，亨利对玛格丽特说："我要跟你解除婚约。"福斯特这样描述玛格丽特内心的挣扎："她依然一头雾水。虽然她知道生活总会有阴暗面，但还未曾在现实中领教过。不行，必须让杰姬再说点什么，明明白白地把事情交代清楚。"玛格丽特不再胡思乱想，试着摸清来龙去脉，并最终对亨利说："所以这位女士是你从前的情妇？"

所有人都如入迷雾、不明就里，福斯特悄无声息地操纵了包括读者在内的所有人，通过玛格丽特的心理活动转移了读者的注意力。玛格丽特无法理解眼前发生的一切，是因为她对生活以及两性关系的认识还不够深刻，而不是因为工人阶级的女性、妹妹海伦的朋友居然曾是未婚夫的情妇。巧合对玛格丽特来说无关紧要。

合理运用巧合的另一种方法，是把故事设置在相对陌生的环境中，这也是滑稽剧的惯用手法——将巧合融入滑稽的场景中，以淡化离奇性。弗兰纳里·奥康纳的《好人难寻》并非滑稽剧，但其中的巧合极尽离奇之能事，为故事增色不少，而且合情合理，读者甚至都不曾察觉。

一位老奶奶将她在报纸上看到的一条消息告诉了家人：据说一个名叫"格格不入"（The Misfit）的逃犯藏匿在乔治亚州。而她和儿子、儿媳以及孙子们恰好要去乔治亚州自驾游。一家人途中遭遇车祸，结果与逃犯不期而遇，最后集体遇害。老奶奶怨天尤人，行事鬼祟且自私自利，家人所有的遭遇，包括最后与逃犯不期而遇，都跟她的过错有关。小说结尾处，她不断念叨着儿子的名字："贝利，我亲爱的孩子。"此时读者才第一次感受到爱的存在。

为什么巧合能在这部小说中大放异彩？有人把它归功于弗兰纳里·奥康纳的宗教观。老奶奶被射杀之前，曾近距离凝视着逃犯，说："你也是我的一个孩子啊。"老奶奶将家人引向邪恶之境，像是算好了时机，以彰显自己的存在感。在弗兰纳里·奥康纳笔下的虚拟世界里，上帝主宰着世界，这家人似乎就是冥冥中受到神的指引，才踏上乔治亚州尘土漫天的公路，并遭遇潜伏在那儿的逃犯。但文中没有任何线索表明不期而遇的巧合带有宗教的预言色彩，一个字都没提。

正常情况下，作家如果在文中承认所写内容的不合理性，反而会让巧合更顺理成章。但奥康纳没有这么做，对玄之又玄的巧合，她没有给出任何的提示线索、申辩或解释说明。她笔下的巧合不仅大放异彩，还逼真自然，让我觉得这就是我生活中发生的那些真实巧合。或许奥康纳就是想告诉读者：现实生活本就有些失衡，不合理反而是常态。

但究其根本，巧合如此大放异彩的主要原因实际上在于人物的愚钝无知，他们认为发生巧合的概率不大，所以掉以轻心。老奶奶早就说过会遭遇逃犯，没人听进去，结果不幸言中。就像天气预报说有雨，不带伞的话肯定出门就下雨。而叙事者的描述似乎也像人物一样不开窍。下面是对老奶奶坐在车里时的状态的描述：

> 她说今天是驾车出游的好日子，既不太热也不太冷，并提醒贝利将时速控制在五十五英里，巡逻警察会躲在广告牌和小灌木丛后面，一旦超速他们就会以迅雷不及掩耳之势跳出来，不给人任何机会减速。她还一一指出了沿途景点的好玩之处。

此后，叙事风格突变：

灌木丛里响起了枪声，一声接一声。然后是死一般的寂静。老奶奶觉得脑袋发麻，她听到了风略过树冠的唰唰声，像是一声声满足的叹息。“贝利，我亲爱的孩子！”她呼唤道。

叙事者本可以直接指出遭遇逃犯的概率微乎其微，但却在那时隐身幕后。此处奥康纳处理巧合的手法与福斯特相似，人物全然不觉，甚至没把偶遇当成巧合，他们忽略了太多细节，总觉得小概率事件压根儿就不会发生，对遭遇逃犯的可能性掉以轻心。就好像莎拉姑妈对捡到五美元不以为意，他们都觉得现实生活中不存在巧合。实际上在现实生活中，巧合来得毫无预警；而艺术作品中，巧合发生前总有预兆。

我一直认为必须让人物行动起来，故事才会丰满而有趣，如果仅描述人物的感觉（即心理活动），就无法充分利用小说的叙事优势吸引读者。相反，以呼应内部的外部事件来表现人物的心理活动则趣味无穷，因为作家需要构思许多情境及事件表现人物内心的挣扎或冲突。比如现实生活中，你遇到工作上的难题，感觉今天好不了了，结果一回家就发现洗碗机坏了，厨房因此发水。外部事件与心理活动的呼应性正是衡量事件是否值得写进小说的标准。不灵光的小说中，人物的活动无关痛痒，比如一段冗长无聊的擦车窗动作。你要知道，人物的活动得与其强烈的情感及内在情绪相关。同样是擦车窗，在安德烈·杜布斯[1]的《冬天的父亲》（*The Winter Father*）中就很恰当。爸爸带孩子们外出就餐之后，把他们送回到前妻家门口，并在车里聊了几句。

> 次日早上，上车之后他发现挡风玻璃内侧结冰了，便从储物箱翻出塑料刮刀除冰。除到玻璃中间和右侧时，他看着灰白的冰霜卷曲着从玻璃上掉落下来，才恍然意识到这是孩子们昨天哈气结成的。

再想想寓言剧——以具体人物来呈现抽象人格品质的戏剧，比如善与恶。在十五世纪的英国戏剧《世人》中，“死亡”告知男主人公“世人”，他将踏上一段没有返程的旅途，而“亲情”“友情”“金钱”等纷纷拒绝一起上路，最终没有抛弃他的只有“知识”和“善行”。时至今日，因为热衷于探索精神世界的跌宕，我们还在写旅行；因为意识到内心世界的挣扎，我们还在写冲突。刻画人物行动不代表小说品质拙劣，这只是人物精神世界的外在表现，因此内心世界和外在活动间其实并无高下之分。战争小说固然能表达愤怒和冲突，职场小说和家庭小说也能表达一样的感情。试想是直接交代有人摘花比较好，还是先借一段描写引发惜花之情，再让人偷偷把花

[1] 编者：安德烈·杜布斯（Andre Dubus，1936—1999），美国短篇小说家。

摘掉更好？显然后者更具吸引力。

但怎样营造惜花之情呢？描写花很好看无济于事，描写惜花之人的怜悯也不够。真正能吸引读者注意力的是花被摘掉那一刻发生的其他事情，比如其他人物的动作，或人物之间的冲突，亦即“巧合”。《韦氏新国际英语词典》第三版把巧合定义为：“同时发生的事件或情况，具有合理性和关联性，但没有明显的因果联系。”如此说来，室友一开门就碰见从拉花堆里站起来的煤气检修员算巧合，詹姆斯·乔伊斯《一个青年艺术家的画像》中，主人公斯蒂芬·迪达勒斯年幼无助时深陷窘境，又弄坏了自己的眼镜也是巧合。同时发生的事件之间联系要十分恰当才行，最起码要有趣，或对人有所启发。比如，人物内心悲伤沉痛，与之呼应的既可以是大萧条导致的穷困凋敝，也可以是越战、伊拉克战争或阿富汗战争引发的焦虑沮丧。弗兰纳里·奥康纳的小说中，老奶奶与逃犯狭路相逢，前者在家里是不合群的刺儿头，而后者名叫“格格不入”，这就是巧合。巧合的本质在于两件事情同时发生，但这两件事安排得不能太刻意生硬：如果写十八世纪波士顿的日常生活，尽量别让保罗·瑞威尔的马踩踏到人物的脚。[1]

构思时从一个事件出发，考虑接下来有可能发生什么，要

[1] 编者：保罗·瑞威尔，北美独立战争期间的一位爱国者，因曾为部队捎去重要口信而被称为“午夜骑士”。此处作者想表达，“被保罗·瑞威尔送信的马蹄踩到”是一个刻意生硬的巧合，不太高明。

不拘一格地面对包括巧合性及必然性在内的各种可能性，这对我们自身来说是一个难得的机会，恰当的巧合会使小说既合情合理又迷人。“这个人物还能在生活中碰到什么事情？”——这个问题并不难，只要在写作时直面作品所蕴含的强烈情感，就会灵感泉涌。这不仅能提升作品的生命力，还有助于呈现人物的精神世界。

制造巧合往往是小说表达主题的一种方式。不论是否合理，只要两件事情同时发生，就会激发出火花。同一时间内并发多重事件可以打破束缚，传达更为深远的意义。大多数人一听生硬的说教就头疼，印在马克杯上或“脸书”上发布的高深莫测的哲理，多少也有点招人烦，而以漫不经心的巧合传递意义往往会有意想不到的效果。所以为了成就巧合，作家不得不在读者眼皮底下东拼西凑、步步为营，有时难免会流于刻意。因此，巧合有风险，运用需谨慎。

不过，我们都知道险中求胜的道理。我儿子高中写作课的评语是具有冒险精神——“雅各布勇于挑战，得了一个A⁻。”我逢人便夸。在写作中打破常规并有所突破不正是我们所追求的吗？打破常规固然有风险，但能够开诚布公地呈现最真实的苦楚和磨难也令人钦佩。小说创作也有风险，如果说写作这门艺术存在着界限和规则，那么虚构事件和编排巧合不仅是一件冒险的事情，更是一件刺激的事情。让风筝自由翱翔，灵感自然会降临。

合理运用巧合不仅有助于故事情节发展，还有助于呈现主题，呈现作者想带给读者的宽慰和愉悦。两件事无论大小，只要是接续发生或同时发生，便会给小说增色不少。不论描述的对象是艺术、音乐、性爱，还是一场大雨，都要靠作者的笔触来一个一个地呈现。不过一旦接续或同时发生，便会产生奇妙的化学反应，这种化学反应并不受描述对象的影响。由于读者逐字逐句阅读，小说里的事件必须具备连贯性，不能太跳脱。但现实生活中的事件都不是孤立的，巧合能突破单线结构，使多重事件在同一时间发生成为可能，更贴近现实生活。运用得当的话，巧合既能丰富故事情节，又能加深主题意义。同时，你还要留意与人物相关的其他因素——这些因素会促使他们做出什么行为——再借助具体的行为展现人物迷人的精神世界。这样一来，潜藏的内在情感便会以具体的外在形式表现出来。

成为别人

Become Someone Else

我可以假装是你吗?

我认识的一位作家每次提到正在写的短篇，都会说“我在里面是女人那部”。不是“以女性视角写的那部”，也不是“我扮演女人的那部”。那段时间，他就是女人。我想这就是写小说的代价。

“叙事角度”（point of view）这个词，可以就字面意思进行理解。比如，布兰登明知无力回天，依然坚持给垂死之人动手术。或者他明知妻子抗拒宗教，依然坚持带女儿去教堂做礼拜。无论什么想法，都要先确立布兰登的主人公地位，他不仅承担着展示故事各种观点的责任，还负责确定叙事角度——布兰登面对窗户，读者从他的视角看到窗外的阳光及楼宇间飞过的直升机；布兰登站在走廊，读者从他的视角看到一只猫；布兰登跟米兰达在一起，读者从他的视角看到米兰达可爱的脸庞和弯弯的眉眼，以及她取笑布兰登的牧师时上挑的一只眉毛；布兰登紧倚着门，屁股被门把手顶了一下，他有点饿；米兰达的话让布兰登有点紧张，他大口啜饮滚烫的咖啡，因此舌尖有点刺痛……作为叙事者，布兰登调动全部感官向读者呈现那时那刻的情境。

成为他人并不是一件难事，甚至是一件带有自由意味的事情。如果你有双大脚，那可以选定小脚人物作为叙事者，描述买鞋的情节时就要跳出自身，以虚拟人物的尺码为准，买其他东西时也一样。如果习惯找与自己类似的人物作为叙事者，又无法兼顾人物的真实生动与自己的隐私保护，不妨彻底忘却自我，让完全不同的人物做叙事者——可能他拥有着一口烂牙、迥异的穿衣品味或不同的体质特点，但这并不妨碍你把自己在地铁里的经历放在他身上。这并不是说叙事者的脚大脚小有多重要，而是次要的、微小的特征可以引导作家找到叙事者的主要特质。某种意义上说，叙事者就是作家本人，但在诸如结婚、失业及其他足以改写人生的大事件上，叙事者与作家的真实经历又都是不一样的，毕竟现实生活没有小说那么戏剧化。“应该让什么人碰到这样的事情呢？”——这类问题有助于将现实生活转换为虚拟的故事。

我一度无法理解“人物塑造”的含义。但我觉得，人物不是作家生编硬造出来的，而是要去用心感知、并逐渐找到其特质的。就像初次踏入别人的房间，你试图从蛛丝马迹中推测出主人的喜好。要走进初次登场人物的内心世界，不妨先把作品的主题放在一旁，随心所欲地界定该人物的主要特征。如果布兰登是虔诚的教徒，偏不让他平静内敛、具有哲思、温驯谦恭，试试反其道而行之。这样如何——布兰登经常和两个女儿玩拼字游戏，八岁、十岁的小孩要完成三联词拼写并不容易，但他一看到自己要输就会发飙，并撕毁填字单。

构思时，先把人物放到现实中，想想他们怎样生活，又会如何应对生活中的问题。比如，布兰登是哪里人？为什么他比米兰达见识广？先从微小特征入手，再逐渐找到具有可识别性的特质是个不错的办法。总之，相信你的直觉。比如，一个女人总是往手臂上抹保湿霜，然后拍打按摩——没问题，再往深想——她喜欢什么样的保湿霜？她的手臂怎么了？她冬天也得穿短袖吗？大冷天也得穿着短袖工作，她是护士吗？如果你写的是回忆录，可以直接回想人物真实而又无涉主题的特征。

放胆发挥想象力，把自己想象为其他族裔或者不同性取向的人物，以增强代入感，再仔细全面地审视他们的生活。但现实情况是，本人是有色人种的作家会不自觉地将人物也局限于本族群体，而白人作家也不太敢把叙事者写成黑人。不论是叙事者还是其他人物，一旦涉及边缘化群体就会让作家担惊受怕。我听说有些白人作家因为害怕偶有错漏而伤害到非白人读者的感情，构思人物时会直接将有色人种排除在外，结果所有人物清一水儿的都是白人，反而加剧了小说的种族意味。所以，不要给你的想象力施加压力和限制，写小说离不开虚构，作家把自己想象成什么人都可以，也可以暂不考虑道德层面的问题。本想把人物写成黑人男子，但仅因为自己是白人，动笔之前就硬将其改成白人，我觉得这是一件很遗憾的事情。

当然，也有人反对以自身以外的视角写小说，尤其是叙事者身份涉及种族、性取向或残障等特征的时候。对此我不赞同。因为毫无疑问，自由想象是写小说的基础。教授艺术硕士课程时，我给学生读过自己的短篇小说，探讨职场种族多元化问题，故事里的角色包括黑人、白人和拉丁人。叙事者是位年轻白人女孩，有点笨，但很善良，我借她的视角呈现其他人物的一些特质，比如种族、体态胖瘦及性取向等。叙事者对其他人的看法肯定与读者不同，我这么做是想给读者保留一定的想象空间，如果有人能读出故事里对女主角的一丝讽刺意味就更好了。朗读完毕，一个黑人男生跟我说，人物的种族被反复提及太多次，也许有人会觉得这带点儿种族主义倾向。他没说这是他自己的想法，但有可能是。不过我觉得这不是他的本意，没准儿他挺喜欢我的作品，只是身为有色人种，他要顾全政治正确。此外，我也很想知道他写作时是否会明确指出人物的种族。

多年来，有两位学生从不在作品中明确指出人物种族，黑人学生写的人物都是黑人，拉丁人学生写的人物也都是拉丁人。他们据理力争——为什么人物是白人的小说无须言明，而一旦变成有色人种就得做出标示？对此我并无异议。但他们也清楚不明示人物种族的后果，读者会先入为主地把人物想象成白人。至少大多数白人读者会这么想。我的那位黑人学生采用了折中的方法，她有意回避"黑人"这个字眼儿，用更多细节表现人物的种族，比如肤色、体型、头发、祖籍。毫无疑问，她间接指出了人物是黑人，但问题是，此类细节的指向性并不唯一。许多小说都存在指向不明的问题，比如一位女士有一头金发，而另一位红发碧眼，如无特别说明，读者会理所当然地认为她们都是白人。事实上，黑皮肤只是非裔族群的特征之一，他们也拥有其他特质。那位拉丁裔学生也在坚守，他在最近刚完成的小说中依然不用拉丁姓氏命名人物，读起来也挺有趣：一群不说拉丁语的人过着毫无民族特色的生活，然而还是可以通过某些细节看出他们的拉丁人身份，比如岛上有一位阿布罗[1]，又比如他们只吃拉丁风味的食物。其实只要稍作鼓励，有些黑人学生并不介意明确指出作品里人物的黑人身份，他们只是想用更巧妙的方式传递信息，而不是直截了当地陈述出来，所以会写诸如"棕色脚趾"这种黑人独有的身体特征，以使读者有所领会。

---

[1] 编者：原文为 abuelo，西班牙语，指祖父。

有时候为了构思故事，作家需要把自己想象成其他种族，这么做并不容易。不过这样一来，主题一下子就会丰富起来：既可以写依然留有本族文化及语言的新移民家庭，也可以写早已远离传统的移民后裔；既可以写因遭遇不公而在公众场合发声的“异端”，也可以写为了获得特殊待遇而主动彰显特殊身份的“异端”。对作家来说，这样的主题都是值得写的。关键是当作家自身与故事人物的种族不同时，应该怎么处理。举个例子，在一位黑人作家的作品里，女主角也是黑人，她爱上一位混血男士，这位男士的爸爸是中国人，妈妈是白人。由于故事情节的需要，这位男士或他爸爸将成为第三章的叙事者。而作者作为黑人该怎么办？我认为该写还是得写，只不过写完之后要让中国的或有中国血统的朋友看看，验证一下相关部分是否有错漏。

毋庸置疑，犹太人的家族故事大多出自犹太作家之手，海地人的家族故事也往往出自海地作家之手。作家也无须为了自由表达而故意选不熟悉的主题写。但如果时机成熟，就应该对自由表达善加利用，写写不熟悉的群体又何妨？不过作家一定得拿出想象力和勇气，还要想办法仔细查证，以增进描写的准确性。铭记一点，世上大多数的体验是具有共通性的，不因人种不同而不同。我刚开始写小说时，有一天迎面碰见一个骑自行车的黑人小男孩。我不了解他，也无法用文字为他发声，这让人感到气馁。但我至少能以他的视角来写点什么，因为我也骑过自行车，知道屁股在车座上是什么感受，如果我也在这条路上骑车，也会看到他眼中的风景。所以，作家在把自己想象成叙事者时，应该先站在对方的角度感受客观世界。白人作家可能没遭受过种族歧视或偏见，但一定都做过“开窗户”之类的动作，有过蚊虫叮咬、淋雨等肢体感受。那就先从这儿开始。

描写少数族裔、残障人士、肥胖人士、同性恋等边缘化人物时，不论是叙事方式还是情节安排，都很容易落入类型化的窠臼。不论作家本人是否属于边缘化群体，选定此类人物作叙事者的初衷，往往是为了反对外界对他们先入为主的批判和歧视。如果出于作品需要，故事里的犹太人必须贪婪、黑人必须极具音乐天分，那请务必赋予他们丰满的人物性格，不要让刻板印象成为角色的全部。最重要的是，故事里一定要有同种族的其他人物。还有一点，不能只凸显边缘化群体的特性而忽略普遍人性。一提到黑人，不能总想着美洲大陆上关于种族的黑暗历史，黑人跟其他人一样，也遛狗，也喜欢黄油面包；不论同性恋还是异性恋，说到底都是普通人，也都会患感冒。作家可以先把想表达的主题放在一边，以更自然、更真实的方式将边缘化群体的人物形象呈现出来。

如何避免类型化？从文学史和社会史以往的经验来看，一旦主人公来自某边缘化群体，主题往往是讨论此类人群存在的合理性，结构也因此服务于主题。许多优秀小说都依循下述结构展开：首先，主人公因边缘化身份而遭受歧视；接着，主人公遭受重重阻力，并对自身的边缘化身份产生质疑；最终主人公经历危机、重拾信心，带着对自我的认同继续生活，或者向主流意识屈服。这种结构确实高潮迭起。对于讲述边缘化人物遭受不公正待遇的小说而言，歧视情节具有很强的吸引力，相信大部分作家都认同这一点。但是，作家不必为了歧视而歧视，读者也不应带有此类心理预期。前不久的一个写作讨论会上，有人分享了一个故事：主人公是男同性恋，并遭到其他人物的一致排挤。一开始我们都以为主题带有恐同色彩，全部读完后才发现他不招人待见另有隐情，与同性恋身份并无关联。

作家若要对故事和人物保持绝对忠诚，得把悲剧结局与主人公的人性弱点（而非边缘化特征）联系起来。不过，深受歧视的边缘化群体本身就处于弱势，再让此类人物犯错误或搞破坏，很容易被某些读者诟病为“反女权”“反黑人”等，以边缘化人物作为叙事者的难点就在于此。而一旦作家不敢以悲剧作结，便无法体现边缘化人物的丰富性，也无法呈现严肃文学的格局。想把边缘化人物写好，作家必须克服保护欲并抱以平常心，从普遍人性出发进行构思。这类人物虽然不好写，但值得一试。

“她会怎么做？”

职业女性算是边缘化人物类型中很有代表性的一个群体，工作对她们自身及其他人物都至关重要，既是故事背景，又是情节发展的推力。但是在很多作品中，职业女性要么以配角现身，要么根本没戏份。几百年来，关于女性的小说几乎都以两性关系为主题，即便是《米德尔马契》中多萝西娅·布鲁克那么入世的女性也无法免俗。亨利·詹姆斯 1881 年完成小说《贵妇画像》，他在 1908 年写的前言里说：我要写一位内心复杂、聪颖狡黠且年轻貌美的女性，她依靠自己而不是男人去“公然反抗命运”。我承认莎士比亚、乔治·艾略特和其他作家都写过“有所成就”的女性人物，但这些女性人物的成就都得益于与其过从甚密的男性人物。诚如詹姆斯所言，如果他真想刻画出《贵妇画像》前言里提到的那种女性，便免不了这样的思考：她会怎么做？

在亨利·詹姆斯的时代，鲜有女性涉足军队、法律或政治领域，所以女主人公伊莎贝尔·阿切尔养尊处优、赋闲在家似乎情有可原。但《贵妇画像》中确实有一位着墨不多的女记者，詹姆斯还经常拿她开玩笑。得知伊莎贝尔拒绝了某男士的追求，女记者脑补了这位男士投身政治改革、并借此走出失恋阴影的过程。詹姆斯这样描述了女记者的反应：“男人投入工作就能治愈情伤，她对此羡慕不已。”伊莎贝尔想挣脱命运并有所成就，但从头至尾也没有走出个人生活的小圈子。

与浪荡丈夫分居一段时间之后，她还是选择了回归家庭，与同病相怜的继女一起在绝望孤寂中苦熬。读者对她的回归莫衷一是，有人认为这是与生活死磕到底的勇气，有人认为这是无奈软弱的自我放弃。虽然她历经磨难看清了生活，但依然得与邪恶相伴终生。

弗吉尼亚·伍尔夫在经典散文《一间自己的房间》里指出，女性要想写小说，必须有钱，还要有一间自己的房间。她发现女性的创作过程总是阻碍重重——性别歧视、经济拮据以及缺乏适宜的环境和土壤，而且“女性很难从母亲那儿获得可供参考的创作经验”。讨论了以往女性作家的作品之后，她说自己曾无意间在书架上找到一本当时刚出版的小说——《生命的历程》（*Life's Adventure*），读到“克洛伊喜欢奥利维亚”时，她深感惊奇[1]。她写道：“我回想以前读过的文学作品，试图找到展现女性友谊的范例。”而这部作品中，人物关系在女性之间展开，与男性全无关联。此外，克洛伊和奥利维亚还是共事于同一实验室的科学家。虽然弗吉尼亚认为这部小说并不完美，但还是呼吁“让女性文学传承下去”。

首先，伍尔夫提倡女性作家描写女性人物之间的故事。她并未提及女同性恋关系，但这显然是女性文学的一部分。如今确实不乏描写女性友谊及女同爱情的小说，但这还远远

[1] 译者：克洛伊（Chloe）和奥利维亚（Olivia）都是女子名。

不够。女性文学作品需要进入主流文学市场，在现有的女性读者群的基础上吸引男性读者。不过，以女性为主角的小说很难回避两性关系，我们都默认女性人物与婚姻情节是标准配置，就像一提到边缘化群体就马上想到歧视情节。

其次，伍尔夫呼吁女性人物应以职业女性形象出现，作家是时候放弃性别偏见写一写职场女性了。但许多涉及女性工作的小说都存在相同的问题，即工作只是个人生活的陪衬。在一些短篇小说中，很多女性人物即便有职业，做的也都是很低微的工作。在我看来，小说及回忆录的女主角不仅要外出工作，而且还要对工作充满热忱，我希望她们的思想丰富深邃，性格逗趣，亦正亦邪，并对自己和他人的生活产生实质性影响。如今的女性都能当政治家、医生、军官、法官、记者或警察，比《贵妇画像》中的伊莎贝尔·阿切尔拥有更多主动权。她们过着紧张而充实的生活，在爱情和家庭之外，还影响着其他人。但在严肃文学中，确实还很难找到这样的女性人物，也很少有人愿意写。

人与之之间的关系是文学作品关注的一大主题，而人与社会、历史之间的关系也是文学应当关注的一个重要方面。许多小说都从跌宕起伏的大事件出发，描写身处其中的个体的命运，展现他们在社会大背景下的工作和生活，以及他们的爱恨情仇，比如战争爆发使情侣、家人天各一方，贫富差距毁坏了人和人之间的忠贞，职场竞争衍生不正当性关系，倾情工作毁掉婚姻家庭，或者不得不在工作和爱情之间做出抉择……

但大部分小说还是以男性人物的工作、权力欲、财富欲及影响力来支撑情节。比如莎士比亚的悲剧、历史剧及大部分喜剧；再如《堂吉诃德》和《白鲸》这类男性历险传奇小说。当代小说也不乏此类主题：《革命之路》中的弗兰克·惠勒，连筹备婚礼时都没放下单调乏味的工作；又如《押沙龙，押沙龙！》中的托马斯·萨德本，作为十九世纪密西西比河地区的成功人士，他却不断虐待女性、为非作歹；《了不起的盖茨比》中一众男性表现自我的方式就是获取及挥霍金钱……

讲述年轻人追求真实自我的长篇小说或回忆录被称作成长小说，往往围绕工作、生活及情爱展开。在我看来，以男性为主角的成长小说一般都写得有血有肉，丰富多彩，而描写女性的成长小说则往往侧重于其坎坷的幼年经历，一旦女主人公实现心智蜕变、决定告别令人窒息的旧生活并以独立姿态投入真实复杂的成人世界，故事就戛然而止。换言之，女性成长小说很少展现女性成年后的生活。多恩·鲍威尔[1] 1944 年出版的自传体小说《远方的家》（*My Home Is Far Away*），是我最喜欢的女性成长小说之一。故事发生在俄亥俄州，母亲的去世改变了女主人公和姐妹们的生活，原本慈爱的父亲变得冷漠生疏，继母也残忍粗暴。女主人公十四岁那年被继母赶出家门，而她

[1] 编者：多恩·鲍威尔（Dawn Powell，1896—1965），美国小说家。

是众姐妹中最有才华的，后来成了一名作家。小说以女主人公登上火车奔赴他乡开始新生活作结。多恩·鲍威尔后来移居纽约，全情投入创作。她的作品多为讽刺小说，主人公往往愤世嫉俗。不过显然，她并未把主人公成年后的生活写进去。

男性成长小说就会关注主人公的成年生活，他们也许会成为艺术家，从磕磕碰碰中吸取经验，尽情享受新生活。《一个青年艺术家的画像》《大卫·科波菲尔》及《远大前程》都是如此。霍华德·斯特吉斯[1]1904年出版小说的《贝尔查姆博》(*Belchamber*)，讲述的就是男主人公成年礼之后的故事（事实上故事中真的有成年礼的情节)。这位英国青年是同性恋，对所有男性热衷的活动嗤之以鼻。虽然一路跌跌撞撞，但总算长大成人。他总在紧要关头判断失误，并因此自毁前程。虽然同性恋本无法在十九世纪的英格兰享受公正友善的待遇，但男主人公遭遇困难主要是因为他的性格和霉运。这便是虚构赋予人物的特权，也是这部小说的亮点，虽然主人公是受歧视的边缘化人物，但作者不吝于让他像常人一样犯错误。

从严肃文学领域来看，讲述女性成长经历及其对其他人物产生影响的长篇小说少之又少，不过通俗小说里倒是常见：奇幻小说里的女主人公能施展魔法，侦探小说里的女神探能破案追凶……因为读者喜欢，通俗小说自有其存在的道理。

---

[1] 编者：霍华德·斯特吉斯（Howard Sturgis，1855—1920)，英国小说家。

但究其本质，通俗小说更着重轻松愉快的经历、错综复杂的情节及脱离现实的冒险，而非深切真实的人物刻画，也缺少稳重深邃的悲剧潜质。以 P.D. 詹姆斯的长篇小说《一份不适合女人的工作》为例：年轻女主人公一跃成为侦探社的头儿，她认真努力地工作，但性格乏善可陈，从头到尾没有任何值得称道的变化或成长。

长篇小说中职业女性多以教师或家教的形象出现，例证比比皆是：夏洛特·勃朗特笔下的露西·斯诺和简·爱；简·奥斯汀笔下的简·费尔法克斯。作品中鲜有上课的情节，她们对工作也不是很上心。在当代小说中，女性人物的工作才渐渐开始成为故事的重心。缪丽尔·斯帕克出版于 1961 年的《布罗迪小姐的青春》，讲述了性格复杂的女教师与一众学生的故事。佐伊·海勒[1]的《她在想什么？》2003 年在英国出版时更名为《丑闻笔记》，讲述了心思深沉、性格复杂的大龄女教师的故事。随着剧情不断深入，女教师逐渐展现出不为人知的一面，作为叙事者，她讲述了另一位年轻女教师与男学生的桃色绯闻。作者以细致而富有魅力的笔触描写了学校的教职员工、管理程序及硬件设施，营造出逼真生动的背景，使桃色绯闻更加真实可信。

描写女性艺术家的小说佳作也陆续问世。维拉·凯瑟

---

[1] 编者：佐伊·海勒（Zoë Heller，1965— ），英国小说家，记者。

1915 年出版的《云雀之歌》，讲述了一位美国女孩如何一步步成长为享誉国际的歌剧演唱家。后半部中，女主人公终于成为纽约大都会歌剧院的首席女高音，每天她都超负荷运转，排练到深夜。而年轻的时候，她一直在国外打拼，为出人头地连母亲最后一面都没见到。她为此内疚不已，还受到朋友的指责。作者并没有对此事表明立场。与麦克白或奥赛罗一样，女主人公有权选择自己的生活，即使她做出的选择有违伦常。

如今，大部分女性都有一份安身立命的工作，有的甚至成为某领域的佼佼者，我们有理由期待讲述女性人物职场经历的当代小说：位高权重的女主人公辞掉犯错的下属并为此心生愧疚；竞选国会议员的女主人公想用负面宣传击败政敌……尽管女强人经常出现在影视剧和通俗文学中，但在严肃文学中依然凤毛麟角。志存高远的女性人物们往往极具事业心，勇于接受挑战，并在应对工作、生活和人际关系的过程中能够活出真我。而在现有的长篇小说中很难看到这样的角色。我学生的作品中，女性人物的少女时代往往精彩丰富，但到了成年期就会黯然失色。换句话说，有关成年女性的故事，写感情生活往往比职场生活更稳妥。我写小说时也尴尬地发现，女性人物的职场经历很难支撑起故事情节，但如果把角色换成男性，那就容易多了。

从某种意义上说，葆拉·马歇尔[1]1991年出版的小说《女儿们》（*Daughters*）在这方面有所突破。女主人公厄尔沙·麦肯齐生长于加勒比海的虚构国度三联国，后来移居曼哈顿。她最近不太顺利：刚跟男友分手，换了份工作，又做了流产手术，而且以后可能不会再怀孕了。她决定暂时离开曼哈顿，回家乡散心。整个故事中，厄尔沙好像都在做与工作无关的事情，只有一章的篇幅对工作进行了集中描写。但支撑起故事主要情节的也正是她的工作和性格特质，其他女性人物的工作也从不同侧面推动了故事发展：厄尔沙的闺蜜是大都会人寿保险公司的副总裁，闺蜜母亲退休前是全职教师，闺蜜父亲的情妇经营小旅馆，而厄尔沙本人的具体工作是参与一项改善新泽西黑人聚居区贫困人口生活的调研项目。在我看来，马歇尔只用一章描写女主人公的工作虽稍显单薄，但已经起到了作用。马歇尔将美国和加勒比地区黑人的政治权利进行类比，凸显了弱势群体生存状况的共性。因此，厄尔沙在家乡的所见所闻与她的本职工作形成了呼应。得知当地政府想偷偷毁掉良田村庄以换取经济利益时，厄尔沙左右为难。她的父亲是当地的政府要员，父女俩感情深厚，告密会毁掉父亲的前程；而从本职工作中汲取的信念和理想则告诉她，应该为三联国的穷人做点事情。几经挣扎，她勇往直前地为正义发声，从而将故事推向高潮。

[1] 编者：葆拉·马歇尔（Paule Marshall，1929— ），美国作家。

显而易见，职业女性不好写。以医生这个职业为例——时至今日也没有描写女医生的佳作问世。以女性人物的职场生涯为主题在小说创作中还是新生事物，大部分作家的关注点仍是“女性走出家庭、深入职场工作的正当性”，还无法把女性参与社会工作当作普遍事实进行深入探讨。在乔治·吉辛1893年出版的小说《畸零女人》中，女主人公罗达·纳恩教给年轻女士一些文秘技能，使她们能够进入男性主宰的社会，以时代先锋的姿态走进职场。女性人物们都有工作，她们的职场经历也多少推动了情节发展，但过于理想化的描写更像是在论述女性对工作权利的争取，而非展现女性人物本身。

这类小说其实无可指摘，也有存在的必要，不过长此以往容易形成思维定式，一写职业女性，就开始论证女性工作权的合理性，而不是描述她们的职场经历。女主人公还特别容易陷入感情危机——她能兼顾感情和事业吗？结果再次陷入女性是否应该外出工作的论证。写小说本来就挺难了，莫不如抛开那些合理性的论述，让女性人物彻底融入职场，并在历经磨难后以独立勇敢的姿态面对更辉煌的未来，这样一来，创作空间也会相对扩大。

我发现，小说中的职业女性或其他边缘化人物往往会受到更多限制，而在通俗小说、影视剧或者漫画中反而享有更多自由，因为不论他们做出什么出格的事情，最后一定是大圆满的结局。因此，严肃文学作家须赋予边缘化人物更多自主性，而不仅仅聚焦于他们的特殊性。不吝于让他们像普通人一样闯大祸，甚至以悲剧收场，才能跨越阻碍，推动严肃文学的进步。

作家须抱有大无畏的精神进行文学创作。不妨大胆假设：最坏的结果是什么？

Part 3

Stories and Books: Start to Finish

短篇与长篇：从起点到终点

充分认识短篇与长篇

Recognize Stories, Envision Books

什么是短篇小说?

——以格雷丝·佩利的《和父亲的对话》为例

好的作品中有生动形象的人物、起承转合的情节及鲜明独特的语言，所有这些融为一个优秀的整体，读者只要看了开头就停不下来，直至读到结尾才长舒一口气，还会时不时地回味——这类好作品是怎么做到的?

将稿纸上散乱的文字整合成文学作品已经不易，让读者发出赞叹更是难上加难。什么时候该收尾? 对一个短篇来说怎样才算有料? 构思长篇时如何在兼顾人物和情节的同时保持头脑清醒?

阅读品味因人而异，对有些读者来说“超短篇”也是五脏俱全的好作品，而有些读者则觉得语焉不详。不过，寥寥数语的“微小说”（sudden fiction）或“闪小说”（flash fiction）[1] 大行其道，证明大部分读者对其是表示认可的，也可以说故事的完整性与长度没有必然联系。但读者和作家立场往往不同，以微小说为例，偏爱短篇小说的读者觉得，这种瞥几眼就能看完的东西虽然只有五十二个字，但已经很完美了；相反，吝惜笔墨的微小说作家在创作的过程中会觉得“五十个字不行，好像缺点什么”，非得再加几个字才算完。在作家眼里，即便是几个字，分量也很重。

如果没有两三个事件支撑，短篇小说就会显得别扭。不论以何种事件开场，接下来的故事情节至少应有两次转折：原来的局面因故发生变化，接下来要么回归原点，要么深化变局；人物陷入恐惧或欲望的情绪中，接下来这种恐惧或欲望以出乎意料的方式成真，或者在惴惴不安中爆发出别的问题。总而言之，短篇小说必须要有几个事件，而最后一个事件必须有足够的确定性，得像一个“结尾”才行。

我们不妨以格雷丝 · 佩利[2] 的《和父亲的对话》为例进行解读。这部短篇小说选自佩利的第二部小说集《最后一刻的巨大变化》，出版于 1974 年，是佩利较具代表性的作品。除对

---

[1] 编者：特指篇幅超短、构思巧妙、立意别出心裁的作品。一般认为微小说的字数应少于 200 字，闪小说应少于 600 字。

[2] 编者：格雷丝·佩利（Grace Paley，1922—2007），美国小说家、诗人、政治活动家。

话的父女之外，故事里的所有人物均为虚构。小说中的父女针对写作产生了不同意见：父亲想不通为什么女儿不继续写“容易理解的故事”，在他看来，人物的性格及在他们身上发生的事情都需要详细交代，事出得有因。女儿对此十分抗拒，因为这“会毁掉一切可能性”。她对读者说：“不论是真实还是虚构的人物，都有权体验生活的不确定性。”

接下来，不知是为了满足父亲的要求还是故意跟他对着干，她写了下述故事：女主人公因为空虚寂寞，开始跟有毒瘾的儿子一起吸毒，后来儿子戒毒成功，与她断绝了母子关系。由于没有交代女主人公样貌及背景之类的细节，这个故事并未得到父亲的认同，他相信性格决定命运，所以想知道女主人公受到了什么蛊惑，又是怎么堕落的。于是，女儿将故事扩充，写出第二个版本，但依然没有交代女主人公的出身背景等情况，反而增加了更多主观感受及细节描写。父亲依然不服气，他说这故事太过悲伤绝望，但女儿认为悲伤中仍透着希望，虽然女主人公最终未能与儿子和解，但开始接受治疗，而且戒毒所里的经历本身就是人生中的珍贵体验。父亲觉得女儿强词夺理，他认为女主人公不会改过自新，所以这就是悲剧。“你什么时候才能承认它是悲剧呢？”他读完第二个版本后问道。

父女俩对女儿作品的讨论涵盖了结构和内容两方面。从结构上看，父亲是正确的。第一个版本中，虽然故事一直在继续，但显然没有交代清楚“接下来发生的事情”。儿子本来是瘾君子，后来成功戒毒——“过了一阵子，出于某些原因，他戒掉毒瘾，嫌恶地离开家乡和母亲。”事件之间要有起承转合，从这个意义上说，儿子吸毒与戒毒这两件事之间是没有连接性的。有个小孩堆了沙堡，然后下雨了，雨水冲垮了沙堡。这种单薄的描述显然不足以构成一个故事。但如果家长事先提醒待会儿要下雨，孩子再去堆沙堡的行为就带了点违抗家长权威的叛逆色彩，这时候天降大雨冲毁沙堡，会让孩子的无助显得更残酷，也更为连贯生动，更有故事感。

第二个版本更侧重母子二人中儿子的转变：他认识了一个拥有健康饮食习惯和虔诚宗教信仰的女孩。实际上，佩利在逗弄包括父亲在内的所有读者——并非指故事中的喜剧元素——这两个版本结构都不完整，都称不上是小说。但不论父亲作何感想，《和父亲的对话》本身结构还算不错。女儿为父亲写小说的桥段不是虚构事例，而是格雷丝 · 佩利对自己真实生活的戏仿。

父亲在阅读了两个版本后，并没看穿女儿的伎俩。格雷丝 · 佩利没有将现实生活照搬到故事中，但还是充满趣味，人物也都出乎意料地突破了困境，时而心碎，时而紧张。总的来说，佩利只是想突出那种“生活中的不确定性”。

《和父亲的对话》本身结构完整，这种完整性在于父女之间对文学的讨论，而这种讨论正好发生在父亲的生命即将走向尽头的时候。小说第一句话就是“爸爸八十六岁了，卧病在床”。身为叙事者，女儿告诉读者，自己“早就向全家人承诺，和父亲争论时永远让着他”。最后父亲摘掉“鼻孔里的氧气管”跟女儿说：“可笑，太可笑了。”故事集中于很短一段时间内，只有几个由对话支撑起来的场景，但每次场景转换都会使叙事者或读者产生相应的情绪变化。小说主题是爱与死亡，父女之间的争论就是表达爱的手段。不论女儿写出怎样的故事，都无法让父亲起死回生、重获健康，这件事父女二人都心知肚明，读者最后也会明白。父亲一直希望女儿能以契诃夫和屠格涅夫为楷模（我想他是希望女儿能够在创作中呈现出伟大的悲剧主题），但当他为了张口说话而摘掉鼻子里的氧气管时，已经成就了小说的悲剧主题——父母与子女之间的爱与分离。随着情节的推进，读者对人物了解不断深入，亲情便越发真实动人。相比之下，戏中戏的母子故事就有点儿不真实。另外，故事里也具备了足够多的事件：父亲先提出要求，女儿创作故事；父亲做出评价后，女儿修改出第二个版本；随后父亲再次做出评价。这一切都发生在父亲弥留之际的病榻旁，父女二人以讨论文学及悲剧的方式共度最后的时光。

完整的短篇必须有足够的事件支撑。不必轰轰烈烈，但数量要足够，不能让读者一眼看穿结局，还得让他们带着兴致读下去。这些事件虽然不一定对人物产生影响（尤其是那些从头到尾都没什么变化的人物），但一定会影响读者：看了开头，产生了心理预期；一路读下去，结局有时在意料之中，有时在意料之外。但凡是一个合格的短篇，不论其中的人物是否发生变化，读者在阅读过程中一定会进行自我调整，哪怕只是变换坐姿，比如看到结局后，释然地倚着椅背发出感叹：“啊，原来如此！”；或者接近尾声时才发现有点儿出乎意料，不禁紧张起来、正襟危坐，合上书后才又放松下来；又或者瘫坐在椅子里，百无聊赖又自鸣得意，以为一切尽在掌握，看到结局后如遭雷击，猛地坐起身来。总之，读者的情绪会随着情节的转换不停变化。

蒂莉·奥尔森：《我站在这儿熨烫》

蒂莉·奥尔森唯一的小说集《给我猜个谜》收录了她的四部短篇小说，该合集于1961年出版发行，但直到二十世纪七十年代中期我才有幸拜读，与我开始读格雷丝·佩利的时间大体一致。我是在纽黑文一家书店闲逛时发现这本小说集的，入手时它已经破破烂烂。那时我忙于照顾三个年幼的孩子，得空了写点儿诗歌，刚开始萌生写小说的念头。

奥尔森的小说都以日常生活为主题，讲述的也都是普通人之间如何相互容忍，或努力过上体面生活的故事。虽然结局都很平淡，却都能反映出一个主题：生活总会有不如意，亲人之间的爱与支持终会给予我们意想不到的力量。她笔下的人物们经常恶语相向、互相伤害，但又相互依赖，似乎只有死亡才能将他们分开。她的小说还带有一些政治色彩，但并不是生硬的说教，也不会牺牲人物去成全普遍真理。这种写法很对我胃口，也成了我的小说创作启蒙。当然，我也是经过几年磨炼之后才得到了出版小说的机会。从某种意义上说，奥尔森并非新手的最佳效仿对象，因为她的小说情节相对单薄，模仿她也让我的小说没有什么情节可言。不过这也恰恰是她别具一格的地方。

《我站在这儿熨烫》是小说集的第一篇，都是内心独白：母亲一边熨衣服，一边想象着跟辅导员或社工讨论大女儿的情境——我站在这儿熨烫衣服，你的那番话随着熨斗在我脑海中不停翻滚——这是小说开篇的第一句话。之后，她从细节上描述女儿，观察入微，融入了充沛的感情，有点儿印象派风格，比如“她脆生生的声音”或“让人心疼的呜咽声”。但我认为最动人的地方还是母亲百感交集的心情：防范、愤怒、悔恨……这也是奥尔森最擅长的写作手法。对于女儿成长过程中所遭遇的问题，她认为自己和社会都应负上责任——大女儿艾米丽幼年经历坎坷，而自己的性格又强硬得近乎无情。艾米丽虽然身处困境，但还算活泼可爱，还在学校活动中展现了优秀的喜剧表演天分。

接下来，母亲边熨衣服，边继续与想象中的辅导员谈话，这时，“艾米丽步履轻快，三步并作两步地跑上楼梯，我想今晚她的心情一定不错。今天她肯定没犯你在电话里说的那些错误。”艾米丽活力满满地进入母亲的内心独白中，她的现身是熨衣服之外唯一的外部动作。之后，艾米丽跟妈妈说说笑笑，又给自己准备了饭菜，睡觉前还半开玩笑地说了点丧气话。母亲对读者（或是对脑海中的辅导员）说：“今晚我不想谈这些。”她不想跟别人诟病自己的女儿。她天真可爱，有什么要谈的呢？随后故事这样结束：

> 就让她顺其自然吧。也许她的天分和才华难以完全施展，但又有多少人能得偿所愿呢？生活中还有许多值得我们为之努力的东西。我只想让她懂得一些道理——她不该像熨板上的这条裙子一样，无助地等待被熨烫的命运。

这部小说的视觉效果比较丰富，阅读时脑海中会同时浮现出母亲手拿熨斗站在厨房熨衣板旁的样子和艾米丽走进来之后的样子。如果从母亲的视角出发，还有一位听她说话的辅导员——当然，这只是母亲的想象，因而我们无法听到辅导员说的话。除此之外，母亲的叙述还呈现了艾米丽的过往——襁褓时期、孩提时代及青春期的艾米丽都是什么样子。相比而言，以事件作结的小说更具震撼力，而这篇作品以意象作结（我们不妨称其为静态小说）——熨斗在熨衣板上来回移动——这个动作本身略显呆滞，但配以母亲的内心独白就会在读者心中形成凝练而震撼的意象：孩子在成长过程中被现实磨平了棱角。此外，这个结局也令人浮想联翩：母亲最终会不会付诸行动找专业人士倾诉心声，解决问题（不论是否有用）。从某种意义上看，这部小说没什么情节，但读者越往下读就越会感到不安，想弄明白艾米丽过去的遭遇及母亲对此的反应。其实，母亲在客观世界的无作为以及在内心世界的挣扎已经构成了足以呈现主题的大事件。我想大部分读者最后都会略带辛酸地认同母亲的心情，她也许是对的。

许多新手都坦陈情节是小说创作的一大难关。在他们看来，人物及其处境是可以信手拈来的，比如忧伤的两姐妹与身患重病的母亲，比如处事不公的办公室领导。但构思出能够打破僵局、推动故事发展、改变故事走向的事件却很难。曾有不少新手跟我哭诉"不会设置情节"，说得好像他们笔下的人物都生活在真空里、情节是硬套上去的一样。确实，情节往往彰显于无形，如果可以描述，那情节就是能够引发读者的阅读兴趣、将小说的各部分连接成有机统一体的某种元素。只要情节完整，即便出版社的编辑做了大量删减，读者也是看不出来的，而且还愿意读完。《我站在这儿熨烫》中，唯一的诱因就是艾米丽犯了个错误，辅导员邀请母亲谈话。当读者逐渐了解到艾米丽的可爱之处，诱因的原委便显得无足轻重了，但母亲还是有很大的心结，于是故事得以展开。一般说来，相较于微小无状的小事件，更具冲突感和戏剧性的大事件才是小说创作的主流。但多年后我才意识到，奥尔森和佩利作品中那种微不足道的小事件也能够支撑情节，而且很完美。

最近，我在写作班读了一个学生的作品，是一个讲述年逾古稀的老人经营餐馆、状况频发的故事。老人担心这样下去餐馆会倒闭，读者也怀疑有人在故意搞破坏。接下来，卫生监察员现身，查出许多违规经营的问题，因此老人的儿子不得不出面解决。后来，儿子从餐馆员工那儿得知父亲得了健忘症，这才是餐馆最近状况频发的原因。儿子只能用心照顾不再能独当一面的老父亲。故事就此温馨结束。课堂讨论时，我会先让学生讨论作品的优点，但他们关注的往往都是锦上添花的元素，比如逼真的心理描写、生动的人物塑造、风格鲜明的语言。所以这次我先发制人——对卫生监察员的出现大加赞赏。我担心如果不做出表率，他们可能压根儿不会提。作者用了几个平淡无奇的句子交代这个细节，但正是这几句话让这个故事完整连贯，得以成为一部生动的短篇小说。这就是本书开头所强调的，小说作家的首要任务是推动故事向前发展，而不是为现有故事锦上添花。

蒂莉·奥尔森晚年的时候，原本打算写一部由几个短篇组成的小说集，但只完成了其中的第一部《里夸》，这部短篇 1970 年在杂志上发表，后来被收入《美国最佳短篇小说选》，还被收录于 2013 年出版的奥尔森作品集《给我猜个谜，里夸，及其他作品》。这部短篇里的故事发生于 1932 年，讲述了男主人公与其十三岁侄子之间的故事，主要由人物之间的对话及心理活动构成，几乎没有解释性叙述。侄子成了孤儿，被男主人公的收养，叔侄俩住在管饭的公寓楼里开始了新生活。小男孩儿悲伤过度变得自闭迟钝，叔叔好意收养，但无法进入侄子的内心世界，也愈发变得困惑烦躁。随着时间的推移，小男孩痛失双亲的伤口逐渐愈合，慢慢回归正常。这是一个关于家庭的故事，几乎没有大的戏剧冲突与情绪起伏。但如果它是一个冒险故事，叔侄二人这种迟缓的变化就会显得枯燥无聊。这部作品不同，微妙的情节层层递进，叔侄情感也随之转变，丝毫不亚于其他短篇中的戏剧化情节。

爱德华 · P. 琼斯 :《母亲节后的星期天》

毋庸置疑，短篇小说应该具备悬念和戏剧性结局，普遍的做法是平地起波澜，一个事件接着一个事件发生，随后再一一解决问题。上文讨论的小说虽然大体也都沿袭此种模式，但又不仅限于此，它们之所以伟大，还有其他原因。我们以爱德华 · P. 琼斯[1]的《母亲节后的星期天》为例进行分析。这部短篇篇幅冗长且没有明确结局，收录在琼斯的第一部作品集《迷失城中》里。故事里的两位主要人物分别叫麦迪和玛德

[1] 编者：爱德华·P. 琼斯（Edward P. Jones，1950— ），非裔美国作家。其作品《已知的世界》获 2004 年普利策文学奖。

琳[1]，还有三个名字都叫山姆的人，但作者将注定很有难度的叙述呈现得很成功，这是我喜欢这部作品的一个原因。小说以平静客观的陈述开头："那一年玛德琳·威廉姆斯四岁，哥哥山姆十岁。四月初的一个夜晚，爸爸杀了妈妈。"随后，琼斯当机立断地告诉读者这是一桩没有动机的案子，也是在暗示大家不要往破案的方向猜。第二段，小说的时间跳跃到多年以后——玛德琳已经长大，在哥伦比亚大学读书，成年后的她沉迷于一切与谋杀案有关的书籍。从她的视角出发，陈年往事不时浮现：作者先是以详尽的细节描述了谋杀案后发生的几件事，然后以凝练的笔触将二十年间的情况一带而过，而接近尾声时叙事节奏突然又大幅放缓：最后五页集中描写了一天之内发生的事情，关乎种族、阶级、谅解和友谊，都与谋杀案没什么关系。玛德琳后来结婚生子，她的儿子也叫山姆，因为智力低下被送到了福利院。

因杀妻而入狱的父亲塞缪尔已刑满释放，他一直写信祈求女儿原谅。母亲节后的那个周日，丈夫不在家，玛德琳正打算出门去福利院看望儿子，塞缪尔却突然出现在门口，这是谋杀案后他首次现身。塞缪尔说服了玛德琳载他一同去福利院。与父女俩同时到达福利院的还有另外一家人，之后又发生了一些小插曲，使得父女俩不得不与这家人结伴同行。这家

[1] 编者：原文为 Maddie and Madeleine。

人不仅自欺欺人地美化残障儿童，还自吹自擂地谎称自己认识权贵。显然，福利院方面并没有照顾好那些穷苦的黑人残障儿童，如此境况让这家人变本加厉，行为更是出格。玛德琳意识到他们和父亲是同一类人——粗野俗气又头脑简单的黑人。玛德琳对这家人和父亲的嫌恶之情溢于言表，觉得自己与他们截然不同。此处作者保留了立场，没有表明自己的态度，也没有引导读者对玛德琳的态度予以抨击。各说各有理，让读者自己去评判便可。

年代久远的谋杀案与小说结尾所要揭示的重大主题毫无关联。当年的汽车如今仍破败不堪，社会生活还是沉重压抑，人情世故也依然尴尬拙劣——这些便是过去与现在的所有关联。随着故事情节的深入，读者的注意力逐渐从谋杀案上转移到其他层面，从而避免了单一的悲剧走向。如果这个故事按照常规制造悲剧结局，那么子女中的某一人可能会杀了父亲，或者父亲又再次杀人。这么看来，《母亲节后的星期天》的结局算好的了。它以谋杀案开头，在相关人物的心头横亘了一座沉重的山峦，影响着他们的生活轨迹，结局时父亲刑满释放试图与女儿重建亲情，令时隔多年的家庭悲剧再次浮出水面。父亲是杀害母亲的凶手，子女能否原谅他？——这个问题太过残酷，主要人物都曾尝试消除往事对自己的负面影响，而他们采用的方法就是尽量不去想它，这件事也在日复一日的生活琐事中渐渐消散。小说的叙事节奏舒展缓慢，但正是缓缓道来的风格成就了其丰富内涵。

短篇小说的创作方法因人而异，但模式万变不离其宗，都是一件事发生之后，紧接着冒出另一件。诱发新情况的“另一件事”通常出现在作品的第3、4页，这也是区分职业作家与新手的一个标准：职业作家会先设置一个初始问题，然后置身其中、环顾四周，思考“与此同时，还发生了什么？还可能再发生什么？”，然而让新人物、新问题、新情况以出乎意料的方式出现。换言之，以一个或多个事件作为开头，再不断接续新事件，直至我们觉得发生的事件已经足以撑起一部短篇小说所需的内容。一部合格的短篇得把故事讲圆。然而说起来容易做起来难，作家必须时刻保持头脑清醒，判断自己在故事中做的决定、提出的解决方案、安排的变化和反转在思路上能否讲得通，是否合情合理，能否推动故事向前发展。

未完成的长篇

写第一部长篇小说时，我确实有点儿吓到了，以至于头几个月里一直保密，每每提及都用“某件东西”替代。那时我在救济站当义工，每星期一中午都去帮忙布施午饭，同做义工的还有一位挺有名的心理学家。有一次，义工和工作人员照例站成一排传递餐盘，往里盛肉、土豆、蔬菜。期间有人问我：“你是个作家吧？最近写什么呢？”“嗯……”我稍事停顿，挖了一勺土豆泥，“嗯……”我又挖了一勺土豆泥，心想还没跟人说过正在写长篇小说呢，“我正在写……那个，我正在写……嗯……一部长篇小说。”

心理学家不无同情地嘟哝了一句：“总算说出来了。”

之后几年我发现，初次写长篇小说或回忆录的作家都会陷入焦虑不安——写那么长的东西太费劲了。短篇小说无非就是几件事再加个结局，长篇小说呢？告一段落之前写二百件事恐怕都不够，从头到尾都保持头脑清醒实在是困难。我的第一部长篇小说最后完成了，但确实还有许多作品没有写完，就那样不了了之。

《我站在这儿熨烫》的作者蒂莉·奥尔森本名蒂莉·莱纳，1912 年出生于内布拉斯加州奥马哈市的一个世俗犹太家庭，父母都是左翼活动家，从俄罗斯移民到了美国。蒂莉没上过大学，也没读完高中，但她醉心于阅读。大萧条时期的蒂莉二十出头，但已开始写诗歌和长篇小说。她很早便步入婚姻，并成为一名共产主义者，后来在大女儿出生后移居加利福尼亚。1934 年，她将自己正在创作的小说发表在《党派评论》[1] 上。同年，她因支持码头工人大罢工而锒铛入狱。无产阶级文学刊物《新共和国周刊》[2] 对她的长篇作品给予了高度

[1] 编者：《党派评论》（*Partisan Review*），美国著名左翼文学刊物。

[2] 编者：《新共和国周刊》（*New Republic*），美国老牌政论双周刊。

评价，称之为“天才的杰作”。出版商们多方寻找才发现蒂莉·莱纳已被捕入狱。后来她与其中的一家出版社签了合同，约定出版一部关于她自己政治生涯的长篇小说。这是每位作家都梦寐以求的，但蒂莉·莱纳似乎并未把高冷的出版界太放在心上，只是很高兴能靠写作挣钱了。后来，她写了一篇关于大罢工的文章，并写信给兰登书屋的创始人班尼特·瑟夫，信中暗示其与之前的出版社签约的长篇小说已基本完成。蒂莉·莱纳的传记作者潘缇亚·瑞德在《蒂莉·奥尔森：谜一样的女人》（*Tillie Olsen: One Woman, Many Riddles*）中有过这样的描述：蒂莉先与麦克米伦出版社签约，然后又与兰登书屋签约。所幸麦克米伦出版社同意解约，她与兰登书屋的合同才能生效。兰登书屋和她约定了500美元的预付金和15%的版税率，这在当时是非常高的薪酬。按照合约她本应先交付八章文稿，但在之后的几个月里她只交付了两章，并坦言自己已经有两年没怎么写小说，而且早年的手稿凌乱无章还需要整理。这段时期，她得过几次大病，又经历了离婚，还因参与社会改革运动而屡陷漩涡。

尽管传记作者没有明说，但显然蒂莉·莱纳根本写不了（或者说无法完成）一部长篇小说。但由于出版社方面对她青睐有加，双方还是心照不宣地达成了共识，放任签约的长篇小说无限期搁置。1935年至1936年，她承诺完成部分章节，并断断续续从出版社预支了总计1200美元的稿费。但她并没有如约交稿，而是全身心投入到了美国共产党的活动中。也许蒂莉·莱纳自己都不愿相信，相较于走上街头奔走抗争，自己若能专心投入文学创作，也许会对社会改良做出更多贡献。2013 年出版的蒂莉·奥尔森作品集中，有一篇关于码头工人大罢工、警察暴力镇压罢工者的文章。写这篇文章时她并没有在前线冲锋陷阵，而是留在美国共产党总部写宣传文稿，屋外充斥着警民武力对抗的恐怖情景，不时有救护车呼啸而过，她写道："我坐在那儿奋力敲打字机，金属按键发出的噼啪声在空气中回荡。写文章是我唯一能做的事情，也是我应该做的事情。"虽然她做的只是文职工作，但从这番话委实看不出她有放弃共产运动回家并埋头数月完成长篇小说的念头。

此外，我猜测蒂莉·莱纳可能根本不知道怎么写长篇小说——完成一部长篇需要同时调动狂野的想象力及连贯的理性思维，而她无法两者兼顾。虽然在美国共产党的时事通讯上发表了许多文章，还写了不少新闻通稿，但她没念过大学，没有系统地学过写作，也缺乏完整的小说创作经验。另外，蒂莉还是一个完美主义者，而我们都知道，小说创作中那个改来改去的过程有多令人纠结。

蒂莉与同为共产党员的杰克·奥尔森同居后，生了三个女儿，并在二十世纪四十年代结婚。那时杰克已经参军，蒂莉靠军属补贴维持生活。从那时起，她更姓为奥尔森。

1954 年，四十二岁的蒂莉·奥尔森因为女儿在旧金山州立大学读书，有幸结识了在那儿教书的作家阿瑟·弗夫。她给阿瑟·弗夫看过一份故事草稿（即后来的短篇小说《我站在这儿熨烫》的雏形），随后便获准跟班上课。在此期间，她还构思出了短篇小说集《给我猜个谜》中其他作品的故事框架。在弗夫的鼓励下，她提交了斯坦福大学的奖学金申请。后来华莱士·斯特格纳[1]致电蒂莉·奥尔森，表示愿意为她提供一笔奖学金，这笔钱足够她在斯坦福大学上课学习。进入斯坦福后，蒂莉师从小说家理查德·斯科克罗夫特，并在其后三年间完成了短篇小说集《给我猜个谜》中的其他作品。总体说来，她的小说创作并不顺遂，据斯科克罗夫特回忆，她甚至会在课堂讨论时失声大哭。但她的四部短篇小说还是在杂志上发表了，并获得了出版小说集的机会。此后，出版商纷纷递来橄榄枝，蒂莉·奥尔森与维京出版社签署了一份长篇小说合约。此后，她构思了多部长篇，又分别与多家出版社签约，但未能完成其中的任何一部。

蒂莉在二十世纪三十年代间写的长篇小说草稿曾经遗失不见，她的丈夫后来无意间找到两个信封，才将这些草稿翻了出来。时隔多年之后，蒂莉依然无法把它们写完，但她把那些早年创作的零散章节整理加工成了中篇小说《约侬迪

[1] 编者：华莱士·斯特格纳（Wallace Stegner，1909—1993），美国当代小说家、历史学家，1972 年获普利策奖。

俄 :30 年代的故事》[1]，并于 1974 年出版发行。该小说基调悲伤、情感细腻、文笔绚丽，讲述了主人公玛姬 · 霍尔布鲁克的童年往事。玛姬的父亲经历坎坷，他原本在怀俄明当矿工，后来当起了半调子佃农，然后去了奥马哈做管道工（这可是高危工种），接下来又在屠宰场谋了份差事，时刻都可能被滚热的开水烫伤。小说以纪实手法描述了大萧条时期的社会现实，控诉了当时美国社会的不公正、冷漠无情和阶级固化，同时也以细致入微的笔触呈现了那个时代儿童的成长经历。与《给我猜个谜》相比，《约侬迪俄》表现出了更强烈的批判性，但对日常生活的描写略显粗糙空洞，还经常打断叙事，比如“读者朋友们，这还不是结局。”

二十世纪三十年代，蒂莉曾将《约侬迪俄》的故事大纲寄到兰登书屋。编辑一致认为她只是在堆砌接二连三的祸事，但为了鼓励她继续创作，并没有对此横加批评。瑟夫写信建议她给主人公“时不时安排点好彩头。”兰登书屋一直保存着那份故事大纲，但在二十世纪七十年代，当她着手创作《约侬迪俄》时，却并没有参考原本的框架。这份大纲后来被收录到潘缇亚 · 瑞德所写的传记附录里。

[1] 编者 :《约侬迪俄》（*Yonnondio*），美国著名诗人沃尔特 · 惠特曼作于 1887 年的一首诗，展现的是民族命运、人间疾苦。奥尔森在自己的作品中引用，是为了表现对 20 世纪 30 年代向往自由、奋力抗争的美国工人阶级的赞扬与同情。《约侬迪俄 :30 年代的故事》以下简称《约侬迪俄》。

从目前发行的《约侬迪俄》来看，尽管其中厄运连连，但绝非各种祸事的机械堆砌。作者不仅从视觉、听觉、嗅觉上捕捉到各种微妙变化，还呈现了人物每时每刻的心理活动，逼真还原了生活的本来面目。从读者的立场来看，尽管小说内容悲惨辛酸，但阅读体验却很棒。《约侬迪俄》确实有些过于强调悲惨遭遇，但我认为蒂莉·奥尔森在其他方面依然秉承了一贯水准，比如对世事的观察力、鲜明独特的语言风格以及对人物内心世界的关注。不难想象，如果她能坚持把大纲写成长篇小说，这部作品也一定会同她早年的作品一样，成为传世佳作。

不过话说回来，我确实觉得那份寄到兰登书屋的故事大纲无法支撑起一部长篇小说。之所以这样想，倒不是因为奥尔森安排了太多灾难性事件，而是她过于关注人物的遭遇及相应的主观感受，而没有从人物接下来会如何解决问题、应对这些遭遇的角度构思，导致故事大纲大体上都是静态描写，缺少情节和人物互动。就算写成长篇小说也会因为缺少必要的衔接变得呆板空洞。从每一章的具体梗概来看，她似乎都对读者做出了过于开宗明义的引导，直接阐述各个场景的情感导向，而不是设置悬念来吊读者胃口，让他们自己进行感受和思考。下面是其中一章的梗概(当然，她从未落笔写到这一章)：

城市：少管所里的孩子都想逃跑。学校里冷冰冰的，孩子们互相疏离。玛姬和埃伦的友谊以及表姐妹们共同的梦想。社区、贫穷、负担感，毒舌的杰瑞，周围的男人们。包食宿的工作，在课堂上睡着了，耻辱感……

奥尔森擅长表现逼真生动又难以捕捉的瞬间，这也是她写短篇小说时的惯用手法。这种写法在短篇小说中行之有效，时间的流逝、微妙的心理变化、无常的聚散离别、平淡真实的悬念确实能引导情节的发展，例如艾米丽的妈妈到底会不会去找辅导员谈话？这个问题会一直萦绕在读者心头。但对一部长篇来说，这些是远远不够的，作者还要在此基础之上更为详细地刻画人物，全方位地展现他们的心理及行动。

奥尔森很可在能完成了某一部分之后不甚满意，不断修改以至停滞，所以一直未能完成任何一部长篇小说。她本可以通过结交朋友和广泛阅读来提升虚构能力，即使对构思情节没有帮助，但起码有助于编排一些小的悬念来吸引读者。退一万步说，就算所有方法对奥尔森都不适用，她也应该对已经完成的章节充满信心，并鼓足勇气坚持写下去，直至完结。

相较于作家的身份，奥尔森在演讲方面做得更出色。她终生坚定左翼政治立场，对打乱生活步调的意外波折处之泰然且乐在其中。在人生的最后十年，她成为直言不讳的女权主义名人，尽可能挤出时间发表公开演说，往往想到哪说到哪，不理会连贯性和逻辑性，她关于女权主义及二十世纪三十年代阶级浪潮的激情演说曾激励了许多听众。她曾受邀在耶鲁大学发表演说，那时我恰巧住在附近，有幸当面聆听。演讲中间她情不自禁地哼唱:“兄弟，你能施舍点儿小钱吗？”[1](这是大萧条时期广为传唱的歌谣，没准儿她以前也经常唱)，那一刻我彻底迷上了她。2007 年，蒂莉 · 奥尔森去世。

尽管蒂莉 · 奥尔森留下了四部短篇佳作、《约侬迪俄》以及探讨女性写作困境的纪实随笔集《沉默》(*Silences*)，还在晚年成为女权主义者的楷模，但她的人生充满悲情。作为一个道德感强烈的年轻女性，她在二十世纪三十年代以无限热忱投入共产主义运动，没有虚度自己的青春。这背后的原因其实是值得探究的。但遗憾的是，蒂莉 · 奥尔森的传记作者以异常批判的眼光进行记录，并未仔细追索她坎坷人生背后的因果。至今我仍会感到一种不幸和失落——她本应有更多优秀的作品传世。

长篇小说的构思

我认为长篇小说创作大致有两种方法。作家一般都会先构思主要情节，比如一桩罪案、一场事故或一次误会等。接下来便有两种选择：一是以主要情节为原点，想想它能引发怎

[1] 编者：歌名为 *Brother, Can You Spare a Dime?*

样的次要情节；二是以主要情节为终点，想想什么样的次要情节能导致这种结局。次要情节要围绕主要情节展开，与主要情节之间保持千丝万缕的关联，就像切比萨时拉起的奶酪丝。写长篇小说难就难在保证清晰的主线，这条主线需要交代清楚小说中的主要事件和存在的问题，以及问题是如何解决的。只有主线清晰，读者才能带着好奇心一直读下去。

但也许是不情愿，也许是能力不足，有些作家无法在脑海中事先构思出主要的戏剧化情节，也不能以此为基础构思长篇小说。对大多数人来说（包括我自己），构思长篇小说时最先想到的往往不是主要情节，而是身陷特定处境的人物。比如我突发奇想：由于某种变故，四位互相认识的女士走入卫生间，各自进了一个隔间，在这一方角落里独自发呆，破天荒地长时间放空，互不理睬。我会以此为结尾写一部长篇小说，阐述她们为何会如此享受这种清净时光，尤其是女主人公如何在百般寻觅后终于得到沉浸在自己世界的机会，以及她都思考了什么问题。由于是从结局出发倒着往回写，我不得不放缓步调，想象之前都发生了什么事情才能导致这样的结局。如果按照这种方法写，你就要以脑海中那几位人物的心理感受和性格特质为出发点，先构思出与前者具有因果关联的事件，再把这些事件穿插安排在合适的章节中。

也有人习惯于从人物关系着手。你写了个短篇，朋友或老师说:“这可以写成长篇！”作品发表后，就有出版商来信询问:

“你手头有长篇小说吧？这是节选？”你会想：何乐不为呢？反正短篇里的两兄弟永远是兄弟，他们会陷入迷茫，他们的姐姐有一天会恋爱，他们……总之，他们的故事可以一直写下去。

不论人物是虚构的还是有现实原型，只要以人物和人物之间的关系为切入点，作家都会构思出众多紧密相连的事件来支撑故事。但务必要树立一个核心事件，它才是引导故事向结局方向发展的主动力。以上段的两兄弟故事为例，你可能要思虑良久，才能从众多事件中找到那个核心事件，将兄弟俩的命运或处境推送至下一个阶段。

我们将在后文“女王的死因”一章中对此展开详细讨论。目前，我们所要探讨的是核心事件对于长篇小说的重要性。以过失引发的悬念为例，长篇小说只要包含过失事件都会引发悬念，但如果只是女主人公吻错了人或因误会破坏了一段友谊这类小过失，就无法支撑最终的悬念——“她能重整旗鼓吗？”

也许你还没想出明确的结局，只有一个大致方向，比如结婚或离婚、成功或失败、重拾信任或加深怨恨。那么从结局出发，你可能要耗费好几周或好几个月先构思有因果关联的众多事件，再从中筛选出核心事件。这样就可以动笔写长篇了。

接下来呢？长篇小说作者经常被问到“您写故事大纲吗？”答案往往是否定的。我认为只有那些人物相对制式化、内容可预见性强的作品，才能够完全秉承大纲安排的路线写下去。故事大纲逻辑严谨且步骤精密，会令那些擅长想象虚构的作家无所适从，这类作家的优势本就在于运用自由联想及其他随心率性的写作技巧、放任思绪自由驰骋、探索各种可能、从细微的事物中发掘出真实动人的东西。对大多数作家而言，故事大纲过于理性，可能会对小说创作形成束缚，但对把握作品整体方向还是很有必要的。那么怎样才能同时调动感性直觉和理性思维，将各种重要元素有机编排进长篇小说里呢？在空中任意驰骋的风筝需要一根结实的线，写作也是如此。而一份优秀的大纲便是这根结实的线。

《米德尔马契》的故事大纲

几年前，哈佛大学霍顿图书馆曾展出诗人艾米·洛威尔收集的作家手稿，其中一个名为“采石场”的笔记本是乔治·艾略特当年写《米德尔马契》时的创作笔记。这是我最喜欢的长篇小说之一，它流传甚广，讲述了位于英国中部某虚构小镇的生活，主要人物是多萝西娅·布鲁克和德丢·利德盖特。两位主人公有上进心、有理想、有抱负、聪颖过人，在地方上颇具影响力，也都在为改善小镇生活而奋斗。但在个人生活中，他们偶尔会犯傻，比如两人都选错了配偶。这部鸿篇巨制想要传达的是：追求自我是一个艰辛的过程（有些人做到了，有些人没有），来自外部世界的阻碍会源源不断地发生；爱可以成为战胜困难的力量，而无爱的世界就是人间地狱；即使有心意相通的爱人相伴，乡镇生活的狭隘偏见、自身与生活环境的格格不入也可能会让人屈服妥协。《米德尔马契》于1871年至1872年间先以连载形式发表，1874年才出版单行本。故事背景设置在1830年至1831年，正是英国扩大选民范围、深化乡村民主化进程的改革法案颁布前夕。

我当时隔着玻璃看笔记本展开的那页，艾略特用列表记录了第五章的主要情节。那一刻我有点儿恍惚，好像正亲眼看着乔治·艾略特构思小说。除了用线划掉和难以辨认的内容，我把其余内容统统抄在笔记本上，一共有二十多个简短概要，比如卡索邦先生去世了，布鲁克的不安，利德盖特的尴尬，拉弗尔斯出场，米德尔马契的丑闻……我发现这些概要都着眼于动作和情节，而非主观感受。显然，乔治·艾略特并不想在构思时让人物感受打乱故事架构。

《牛津英语词典》将"采石场"定义为"以开凿和爆破等方法获取建筑及其他用途石材的露天开采场地"。换言之，采石场把原始天然的材料转化成了具有特定形态和功能的材料。想要有所收获，去采石场就对了。除了《米德尔马契》的创作笔记，乔治·艾略特还有其他"采石场"，她的长篇小说《罗慕拉》便有两份创作笔记，写于意大利的那份最终派上了用场。但《米德尔马契》的创作笔记最为详细和复杂，这本创作笔记经由安娜·特里萨·基切尔编辑修订，于1950年在加利福尼亚大学出版社出版发行，当时我借阅过。

创作笔记分两部分。艾略特先从第一页开始写到笔记本的中间部分，然后上下前后调转方向，从原来的最后一页重新写起。前半部分是艾略特搜集整理的阅读笔记。由于德丢·利德盖特以年轻医生的形象出现，为了写好这个人物，艾略特广泛阅读了十九世纪三十年代的医学材料。第二部分是她对这部长篇小说的大致构想。手稿现存于哈佛大学，从大学网站可以看到影印版。

艾略特还写日记，但并不详细。她记录旅行、访客、有关写作的感想、读过的不同语种书籍的名称。她经常写自己因为头痛之类的病痛而浪费了时间。还提及了跟乔治·亨利·刘易斯共同生活多年的幸福感，她曾写过“我们之间那随着岁月渐深的爱情”这样的话。

艾略特在 1868 年 11 月的日记中写道：“又是一年圣塞西莉亚[1]节，我也从近半年病魔缠身的状态中恢复过来，但还无法工作，也无法寻求更高远的精神追求。虽然精神世界里洋溢着青春和成长，但现实中我的生命正在衰老腐坏。我要从今天起坚定意志，克服困难。”

一个月后，她在 1869 年元旦日记中写道：“今年我定下了不少目标，不知道能完成多少。”除了要写诗歌，她还打算“写一部名为《米德尔马契》的长篇小说”。1 月 23 日的日记中写

---

[1] 编者：Saint Cecilia，传说中音乐家的守护神。

道："对这部新小说，我大致有了点儿头绪。"六个月之后，她再次提及了酝酿中的新作，说"正在写《米德尔马契》的简介"。一周后，她"开始构思《米德尔马契》中的人物"。据日记记载，她在8月2日动笔写了第一章。9月1日她"又开始开始构思《米德尔马契》的人物及其处境，这时候才写到第三章开头"。然后，她在9月10日的日记中写道："除了读医学材料，上周总算有了点儿进展。"次日，她记录道：

> 我已经没有信心写好《米德尔马契》了。不过回忆起来，之前完成的作品刚开始也是困难重重，万事开头难嘛。乔又读了一遍《罗慕拉》，并赞赏有加。赞赏总是令人鼓舞。我要争取在第50页的时候完成第三章。

几周后，她在日记中写道"新小说写不下去了"。三天后，她又写道：

> 情绪太低落了，必须写日记舒缓一下。所幸一片愁云惨雾中还有爱！对此我心怀感恩。承蒙上帝保佑，不顺遂都怪自己。拿出勇气，奋发向上！

那几个月，刘易斯的儿子从非洲回来养病，跟他们住在一起。艾略特在日记中简单记录了他病情反复，没过多久就去世了的过程。此后的七个月里，艾略特没有写日记。再次写日记时，她把日记本也上下前后调转了方向，从原来的最后一页开始往前写，记录了诗歌创作、旅行以及病痛等情况。而《米德尔马契》依然没有任何进展。

身为著作颇丰的伟大作家，乔治·艾略特创作过程中遇到的困难具有普遍性。她身患重病，精神抑郁，对新作构思一筹莫展。尽管艾略特和刘易斯的感情生活幸福美满，但依然受到社会主流价值观的谴责。（刘易斯已婚，尽管夫妻双方都认同开放式婚姻，妻子也与其他男子育有儿女，但由于当时的社会现实，他们无法离婚。[1] 所以刘易斯和艾略特虽同居已久，感情甚笃，但有实无名。）爱情再坚定，也无法让他们在社会谴责与丧子的悲痛中全身而退。有人会把艾略特小说创作的停滞归咎于这些创作以外的问题。但其实不是这样的。

最终，在《米德尔马契》动笔十六个月之后，艾略特在1870年12月2日的日记中写道：

> 我正尝试用全新的手法写一部短篇小说，反正就是写着玩儿，篇幅不用太长。主题没有太大变化，从开始写小说我就一直在写这类主题。但会采用全新的结构。今天写了44页。

---

[1] 编者：根据当时的英国法律规定，无罪的离婚诉讼中原告能证明被告犯有婚姻方面的过错时，才可以诉诸离婚的法律程序。在实际情形中，也很少有人成功离婚。

她在 12 月 31 日的日记中写道：

> 11 月初动笔的短篇小说，目前只完成了 100 页，暂且称它为《布鲁克小姐》吧。眼下先不写诗歌。
>
> 个人生活幸福感爆棚，付出爱也收获爱。但写作方面收效甚微。

实际上，日记中提及的短篇小说就是《米德尔马契》中两位主人公之一多萝西娅 · 布鲁克的故事。此后 1871 年至 1872 年的日记说明《米德尔马契》大有进展，直至顺利完成、出版发行并大获成功。

《米德尔马契》一共有八卷，我认为艾略特在写第二卷时卡壳儿了。小说开头，德丢 · 利德盖特刚搬到米德尔马契，接手另一位医生的工作。第二卷的主要情节如下：利德盖特开始行医，试着在小镇站稳脚跟，并与美貌刻薄的罗莎蒙德 · 文西小姐坠入爱河。镇上开了家新医院，他将被任命为院长，但却因在董事会表决时站错了队而树敌不少。至此，利德盖特这条情节线索成形了：为爱情、工作和金钱而挣扎。

《米德尔马契》创作停滞的那几个月里，艾略特无心插柳地写了短篇小说《布鲁克小姐》。这部短篇小说后来成为《米德尔马契》的第一部分，相信许多读者都对这个开头记忆犹新。艾略特本来想在那几个月里写诗歌和短篇小说打发时光，却反而成就了看似走进死胡同的长篇创作。年轻姑娘多萝西娅·布鲁克有点儿理想主义，热情奔放，求知欲强，而她丈夫是一位生性冷漠的学究，生命都浪费在毫无意义的琐事中。她原以为丈夫满腹才学，甚至打算帮他搞学问，后来才逐渐发现事实并非如此。刚出场时的多萝西娅因为无所事事而郁郁寡欢，与艾略特彼时的心境如出一辙。随着情节深入，她结识了丈夫的侄子威尔·拉迪斯洛，两人的故事成为小说的另一条主要线索。艾略特一定是在完成短篇小说后，才发现它与搁置中的长篇有所交汇。今天我们读起《米德尔马契》，会发现两个故事浑然天成。

动笔之前的调查研究和扩展阅读至关重要，这不仅可以帮助作家避免在专业领域露怯，还可能为情节构思提供灵感。采石场里的原材料应有尽有，谁也说不准哪块石头就能派上大用场。以《米德尔马契》的创作时间为基准，艾略特为了精准塑造出四十多年前的年轻男医生形象，广泛阅读了相关的医学材料，并把感兴趣的内容统统记录下来，虽然当时她也不确定哪些能在小说里用到。艾略特在创作笔记中记录了当时医学界争议较大的问题，比如医生的收费标准及药品调配权。小说中，改良者利德盖特主张推行新的医疗制度，反对医生参与药品调配，也因此成了当地同行眼中业务不精的外行。

艾略特还在创作笔记中记录了当时医学界对斑疹伤寒症

和伤寒症的研究成果，两者之前一直被混为一谈。当时，巴黎是医学研究的主要阵地，而小说中利德盖特曾经留学巴黎。

小说开头，年轻男子弗雷德·文西感染伤寒。米德尔马契当地的一位医生给他看过病，但是没看出个究竟。随后，利德盖特一眼就看出症结所在，弗雷德得以痊愈。利德盖特屡次登门诊病，渐渐与弗雷德的姐姐罗莎蒙德熟络起来，他们最终坠入爱河，走进婚姻殿堂。得益于对伤寒症的深入了解，艾略特不仅能做出精准专业的描写，还借此构思出故事情节。不过她是先想出伤寒症的情节、再去搜集相关资料，还是先读到伤寒症的资料、再想出相关人物及情节，我们不得而知。艾略特一期不落地通读了当时的医学期刊，尽管有些内容和材料她并没打算写进小说，但这些内容帮助她更加了解医学界，所产生的帮助也并不只限于相关知识。也就是说，如果要写有专业特长的人物，作家对该领域了解越深入全面，就越能轻松地构思出人物的喜怒哀乐。

从出版的创作笔记来看，编辑并未说明乔治·艾略特是在创作《米德尔马契》过程中的哪个具体时间节点开始写"采石场"的。但各种细节表明，在"采石场"的第二部分之前，她就已经开始正式创作了。"采石场"的第二部分里都是人物列表和情节概述，与我在霍顿图书馆展览中看到的那页手稿类似。人物列表的前半部分都是围绕多萝西娅展开的，但众所周知艾略特最开始写的是利德盖特的故事，然后才把多萝西娅的故事加进去。因此可以推断，艾略特走出《米德尔马契》的创作瓶颈期后，才开始写创作笔记的第二部分。日记所载的“除了读医学材料，上周总算有点儿进展”，应该是指创作笔记的第一部分。也就是说，她是在动笔写《米德尔马契》之后才开始写创作笔记。此后一年多，她没在日记中提过多萝西娅。也许艾略特是在调转创作笔记方向后不久又调转了日记本方向，因此才能茅塞顿开、调整思路重新开始写《米德尔马契》，直至完成，并且还加入了多萝西娅的故事。

创作笔记第二部分的开头还记录了医学之外的信息。比如，故事所处时代的政治历史、学生生活、医院工作等，但这些信息大多没有出现在小说中。这部分内容告一段落，艾略特又在下一页中间的位置写下了“米德尔马契”这个词，在这之后的所有内容都与小说紧密相连。她用列表标出了次要人物的姓名和职业，还画了地图，用圆点标出米德尔马契小镇及周边村庄的位置。从哈佛大学网站发布的创作笔记手稿影印版来看，艾略特删掉了很多内容，有的是尚未动笔的概述，有的是已经完成的章节。

地图之后，她用“人物关系列表”标示出有关联的人物：多萝西娅与卡索邦先生、利德盖特与罗莎蒙德及其他人物关系。这样一来，处理多个人物同时出现的场景时可以参照这张表，还能根据情节需要灵活调整人物关系。从长篇小说创作看来，写人物关系列表是我从这本创作笔记中学到的最厉害的一招。

接下来是“事件年表”。这张表标出了小说中各个事件的年份。最初的列表是乱序排列的，艾略特先记下事件，再在事件后面标出年份；然后按照时间顺序重新排列事件，并添加相应细节。此后的创作笔记都沿用了这种构思方法，即先把灵感列出来，再按既定顺序重新排列，最后添加细节。她分门别类地写下了各种列表，既保证情节清晰有序，又享有灵活调整的余地。

之后的内容大都是场景列表和分章概述。《米德尔马契》一共有八卷，艾略特分别给每一卷写了简短的内容概述。我在展览中观赏原稿时就发现，几乎所有的概述都在写人物动作：詹姆斯先生求助于院长；费瑟斯通提出棘手的要求……

艾略特一直在调整思路，第三卷变动最大。有些场景经过了重新编排，与创作笔记中的顺序截然不同。还有一些重要场景属于即兴发挥，创作笔记中完全没有提及。正是这些精心编排和临时起意使人物关系生动起来，多萝西娅也因此结识此生挚爱。有些场景顺序在创作笔记中已经改了三次，在小说中又再次调整。艾略特确实写了故事大纲，但这个大纲是处于变化中的，极具灵活性。长篇小说作家的创作过程往往是无序、复杂的，而这样的大纲并不会对他们灵动跳跃的思维形成束缚。

在第三卷内容概述之后，艾略特突发奇想写了份“动机列表”，只简略罗列出人物的行为动作，没有详细描述，比如，费瑟斯通的葬礼，拉迪斯洛来了。接下来，这些简略描述被划分到各个章节里。此后，她按照同样方法完成了其余各章的架构，即先写“动机列表”，再写各章节里的具体概要，个别列表前面还标了问号，或许是还没想好人物的行为动机。

接下来，她又回到基础的故事大纲上，还加上了一些人物的年龄。然后，她采用了一种全新的方法：为各个人物写一份生平履历。这些内容分散于小说各处，直至结局才得以全部展现。如此一来，相关事件按照人物生活进程排序，悬念也因此更加合情合理。其后，艾略特开始制定《米德尔马契》中后半部分的故事大纲。感到不满意就会推翻重来，依然先写整体大纲，再逐步添加细节。就像先构思出故事讲给自己听，找出错漏后再反复修改直至故事成立。

第六卷的故事大纲也经过了多次修改，事件列表也越来越细致。“弗雷德·文西选择了自己的事业”经过修改后变成“3. 弗雷德·文西经历了一段冒险；4. 随后，他从嘉丝先生那儿谋了份差事”。与之前一样，小说情节基本按照创作笔记中的故事大纲发展。

什么样的场景既生动又自然呢？我们来看下面这段描述：嘉丝先生兼任土地测量员及物业经理，他低调务实、谦虚谨慎（这也正是乔治·艾略特追求的真善美）。弗雷德·文西本应进入教会从事神职工作，却对尘世生活无比向往，还爱上了嘉丝先生的女儿，但那姑娘明确表示坚决不嫁给牧师，他对此一筹莫展，直至无意间参与了嘉丝先生的工作才打破僵局——一群愚昧无知的农民手持干草叉围攻正在铺设铁轨的土地测量员，显然农民被从未见过的铁轨吓到了。嘉丝先生在弗雷德的帮助下解救了土地测量员，还斥责了那些农民。后来嘉丝先生的助手扭伤了脚踝，弗雷德搭手帮忙扯卷尺，最终成为嘉丝先生的助手，并在此后过上了幸福生活。

之后，艾略特开始构思《米德尔马契》的结局。在创作笔记中写下结局部分的事件列表后，她写道"如何为各章作结"，即为已经完成的各章在结尾部分安排主要事件。接下来，她又写了"第六部分的其他场景"，以及每部分的情节概述。

第七卷已经接近小说尾声，艾略特的创作笔记也趋于凌乱。她开始思考一些问题，比如"怎么处置布罗斯特罗德的财产，尤其是斯通庄园？"此外还有一些语焉不详的笔记，比如"多萝西娅的收入，除了每年固定的700镑，还有其他进项。"

进入第八卷的创作，意味着一切将画上句号。从创作笔记来看，艾略特似乎在自言自语，她写道："为什么多萝西娅没有立即与利德盖特碰面呢？"她依然在场景列表前标注了数字，但显然不是这些场景所属章节的编码，她只是在记录事件数量和顺序，以便写作时有章可循。

我读这部创作笔记时有种似曾相识的感觉，因为我也是这样构思长篇小说的，相信大多数作家亦采取了同样的做法——从大纲展开到各个细节，假如某个构想行不通，就弃之不用。这一创作方法具有双向性，既从故事大纲出发、分章节逐一细化，又能根据各章具体内容，再反过来对大纲做出相应调整，兼顾了整体与局部。

采石场笔记中的创作方法兼具组织性和灵活性，相较于一次性构思出整部长篇小说更容易上手，同时还有助于发散思维：作者从一个想法出发，自由联想，迸发灵感，形成新认识，推翻旧认识，再尝试其他可能。此创作方法适用于所有大型脑力工作，因为它能同时调动理性及非理性思维，比如因故事情节需要或人物性格使然打破了既定故事大纲，之后可以诉诸逻辑思维进行调整。《米德尔马契》的创作笔记被艾略特戏称为“采石场”，我想有以下两方面原因：一、它是一座取之不竭的宝藏，艾略特随时可以在那里找到可用之材；二、它是一块未经雕琢的璞玉，打磨掉杂乱无章的表层就会呈现出清晰的纹理。就像从一堆岩石中开采出建筑石材一样，艾略特写创作笔记之初，既无法判断哪些素材值得保留，也不知道该如何呈现所选取的素材。她只是先努力构思，想到什么就记下什么，再思考权衡，最后做出取舍。《米德尔马契》虽然是长篇小说，但得益于这种创作方法，每页内容都生动而出人意料。创作长篇小说的方法多种多样，艾略特的方法绝对值得借鉴。

女王的死因，以及“不确定”的吸引力

What Killed the Queen?
and Other Uncertainties That Keep a Reader Reading

篇幅长的就是长篇小说吗?

我听闻写长篇小说就像远途航海或徒步穿越阿巴拉契亚山脉，看似趣味横生实则艰辛无比。乔治·艾略特写《米德尔马契》时身患重病且精神抑郁，还要每天面对缺少合适素材的问题。她仔细研究了已完成的部分之后，停滞了一段时间，然后把原本无关的两个故事融为一体。

于是，一部优秀的长篇小说就此诞生。故事围绕利德盖特、多萝西娅、布罗斯特罗德、卡索邦、威尔·拉迪斯洛等一众人物的生活展开，整部作品引人入胜、自然流畅、意味深长。但也存在一种情况：作家费时费力完成的作品乍一看够厚够长，但严格意义上来讲却算不上长篇小说，不仅吸引不了读者，连作家本人甚至都不愿意读。在此不得不说，长篇小说可不仅仅是篇幅长那么简单。

如前文所述，艾略特按照大纲来编排各章节，作品里的种种情节都早有安排，这并不是说她的作品单靠情节取胜，《米德尔马契》可以印证这点。但构思长篇小说的情节时，也确实应该从一系列具有关联性的静态或动态事件入手。对许多新手来说，这个方法虽有一定难度，但却是行之有效的。从我的教学经验来看，许多新手都是先选定人物，找到该人物最迫切的需求、冲突和心理问题，然后构思其出场前的经历，以此展现他性格特质的由来。比如，人物若惧怕亲密关系，那父母一定不太尽责；若常常怒火冲天，那一定遭受过不公正待遇。有些学生在写作课上学习过如何虚构人物的过往经历，但大部分人所能想到的都只是童年时期的心路历程。

如此构思出来的人物一旦出现在短篇或长篇小说中，作家往往会侧重表现其源自童年经历的主要性格特点，如果我问他们“接下来会发生什么事情？”得到的回答大致遵循下述模式：“我要表现格里高利对于___的不安全感以及对于___的恐惧。”从某种程度上看，基于个人经历塑造人物是可取的，但过度执着于“不安、恐惧”之类的心理描写会让创作陷于过去的泥沼，无法向前发展。

我也喜欢性格复杂的人物，与悬念迭出的情节相比，我更关注人物本身。但小说的魅力还是在于用一系列动作表现人物的复杂性格，人物要有所行动才行。

我认为，写作教材之所以建议新手为人物编排早年经历，是因为这些过往既能为人物后续行为做好铺垫，又能使故事情节复杂多变，为事件编排提供更多可能性。连短篇小说都需要大量新奇、不确定的元素来吸引读者，又何况是长篇小说呢？如果有必要交代人物的早年经历，除了要与人物性格特点相符，还要展现他在特定情境下的特定行为。假设过往经历影响了某个女人，那她在继承遗产（除了一条小船再无他物）、无力支付清洁女工的工钱，或需要抚养不省心的侄子的时候会怎么应对呢？过往的经历会让她对眼下发生的一切做出怎样的反应呢？

所以，我们不免还是要描述一下人物性格的——她是怎样的人，有什么优势或难处，是什么激励她奋发向上或导致她一蹶不振，她有着怎样的过去。在每个关键的节点上，她的性格特点和过往经历都会发生作用。但是也会有一些脱离人物性格的意外情况发生，因为毕竟你是在写小说，不是仅仅刻画这个人。把创作重心放在人物身上本无可厚非，但如果只想人物而弃其他元素于不顾就会出状况，导致各种事件之间关联模糊，难以衔接过渡。

无法吸引读者的长篇小说往往具有如下特征：各种事件纷至沓来，单独看每件事都妙趣横生，也能揭示人物的内心世界，但没有一件事能让读者期待接下来会发生的事情。虽然各有各的妙处，但相互之间没有起承转合。有些长篇小说会毫无缘由地打乱时间顺序，让读者压根儿无法从中理出头绪，甚至在读过许多页之后，依然对故事走向一头雾水。

起草初稿时把故事大纲丢到一旁，想到什么写什么不失为一个好方法，对此我深表认同，也时有耳闻某些佳作就是这么写出来的。敢于触碰痛苦的主题，才有可能写出上乘之作。大部分作家要先投入很长时间写些不着边际的东西，然后才能让平日潜藏在内心深处的痛苦情绪浮现出来。摆脱故事大纲的限制，才会获得新发现。接下来，如果再有好运的加持，引人入胜的故事便有机会在你的手指与打字机间应运而生了。

如果运道不佳呢？我跟许多作家探讨过为何他们无法完成长篇小说的创作，很多人都如此回应：一旦灵感枯竭便再无从下笔。此外，新手在写作过程中也容易罔顾指向性，只着眼于人物本身及其在某个孤立瞬间的主观感受，而弃其他元素于不顾，有时这样一写就是百十来页，之后便会陷入素材匮乏的困境。第 200 页的场景和事件既要与人物既定的兴趣或怪癖相符合，还要与第 100 页、150 页、180 页的事件形成因果关联。情节设置的一大功能就是帮助作家铺陈后续事件。如果长篇小说的开头部分有人曾制定过截止日期，那么必须在其后的部分产生结果——要么按时完工，要么逾期搁置。

总之，长篇小说要有始有终——始于亟待解决的问题，终于解决问题或悬而未决；始于混乱局面，终于拨乱反正或乱象丛生……埋头创作长篇的作家们要学会适时停下脚步，想一想作品的整体走向，想一想最主要的情节应该是什么。同时还得为已经完成的部分梳理结构（松散一点也无妨）：重新组织已经写完的事件，或者在此基础上构思安排新事件。情节环环相扣，才能对读者产生吸引力。

女王之死

阅读长篇小说的目的因人而异，有些作品初次阅读时会让人略感不明所以，所以读者需要一些方向感，以区分情节主线和副线。读者接受度较高的叙事顺序应该是顺叙而非倒叙。因此，长篇小说的阅读体验不应像在牧场里漫无边际地巡游，而应该像在公路上沿着既定线路前进，虽然配有绕行便道、替代路线及休息站，但主干道一目了然。长篇小说也一样，虽然配有大量的情节副线、离题漫谈或其他描写，但主线依然清晰。这与短篇小说集不同，短篇小说集中，故事之间的关系更像交汇于一点的不同线路组合，如同纽约地铁中交汇于中央车站的各条线路，或波士顿地铁中驶向同一目的地的各条线路。读短篇小说集时打乱顺序也无所谓，但读长篇时就不能直接从第五章开始。只有从前往后顺着线索的指引读下去，你才能完成阅读这部小说的初衷，有所收获。而如果你只是拿起书来毫无目的地东翻翻、西看看，读到一半可能就放弃了。

当然，以上论述不适用于实验派小说[1]。

通常来说，长篇小说让读者欲罢不能的奥秘在于一件事直接引爆另一件事，如此往复。当作家开始思考如何让上一件事引发下一件事的时候，其实就是在构思情节。虽然许多作家自己都说不清楚到底什么是情节，但在构思之前都会陷入忧虑，担心情节设置太过矫作刻意而显得不够真实，或者像烂片儿一样愚蠢不合逻辑。但如前文所述，情节大可以简单直白，先制造出对读者的吸引力再说。大学修读创意写作课时，我对教授讲的一个小故事记忆犹新：作家在构思长篇小说情节时往往从一系列有待解决的问题出发，就像猎人在开始一天的狩猎之前先放生一堆兔子。如果兔子数量过多，猎人就无法在天黑前将它们全数拿下；而数量过少，下午就没有猎物可寻了。[2] 这个比方简单粗暴但颇具启迪性，与长篇小说的创作异曲同工。

《小说面面观》是 E.M. 福斯特 1927 年在剑桥大学三一学院讲座的汇编，书中对情节的论述是我个人迄今为止最推崇的观点。此外，他还论述了什么是故事，并对情节和故事做了区分。他认为故事是最基本的叙事娱乐形式，是按照时间顺

[1] 编者：实验派小说，即与现实主义小说流派相对而言的小说流派，打破了现实主义小说立下的创作理论规范。主要特点有：以人的意识为主，行动为次；结构上更依赖感性效果，而非理性逻辑等。

[2] 译者：在美国，有人会在捕猎季放生猎物，专供狩猎。

序发生的一系列事件的组合：一连串激动人心的时刻依次降临，读者或听众永远对下个时刻的到来心怀期盼。完全靠事件支撑的故事为了留有悬念，必须在上个问题还未解决的当口暂停，就像《天方夜谭》里山鲁佐德[1]所讲的故事。在我看来，只有故事而没有情节的作品吸引读者的秘诀，就是在前一个冒险故事的尾声对即将上场的下一个冒险故事稍作提及，比如“那只狼偷偷溜走了。但就在这时，莱昂纳尔看到一缕青烟……”

相较于故事，福斯特认为情节更复杂，需要读者有记忆力、智力和担惊受怕的能力：记住之前发生的事情，通过思考前文去理解之后发生的事情。对此他写道：

> 我们已经给故事下过定义，即按照时间顺序叙述的一个个事件。情节也是叙述一个个事件，但是它所强调的是其间的因果关系。“国王死了，然后王后也死了”，这是故事。“国王死了，王后因哀伤而死”，则是情节。

我花了很长时间才弄明白这段话的真意——“国王死了，王后因哀伤而死”怎么就能成为短篇或长篇小说的情节了？按照

[1] 编者：一位暴君因王后与人私通，胸中愤恨，便每夜娶一女子，翌晨即将其杀死，以此报复。美丽聪慧的宰相女儿山鲁佐德为拯救无辜女子，毅然前往王宫。她每夜给国王讲一个故事，讲到最精彩处刚好天亮，国王被吊起了胃口，便允她下一夜继续讲。她的故事讲了一千零一夜，国王终被感动。

福斯特的定义，如果国王死了这件事算是情节的一部分，读者会想知道王后对此的反应。福斯特打这个比方并非是说情节就应该这样组织，只是拿它举例说明情节的必要因素。

他继续举这个例子：

> 或者可以这样："王后死了，谁也不知道原因，直到有人发现，原来她是因为国王去世悲伤而死。"这是个包含着谜团的情节，一种堪予高度发展的写作形式。

接着他又说：对情节来说，谜团至关重要。他说得很对，小说中的谜团倒不必多么惊悚，足够引发读者的好奇心就行，哪怕只是让读者对人物悲惨的命运产生同情，关心他们是否能抓住机会翻身。

"王后死了，谁也不知道原因"——王后身边的那些人一开始就陷入谜团，情节也从这里开始运转，成为故事向前发展的驱动力。王后死了，读者出于好奇也会坚持读下去，以弄明白她的死因。开头有两种写法：一是以王后病重开始，然后按照侦探小说的套路进行回顾，探明王后患病之前的经历。二是以国王之死开始，借某位具有先见之明的人物之口说出"我担心王后知道此事会崩溃"这样的话。

同理，"选举活动前发生了飓风"是故事，因为这是孤立的两件事情。但如果政府的抗洪救灾措施对即将举行的选举产生影响，就很可能成为情节。比如当市民被困在暴雨中的时候，洪水从脚面流过，他们开始谴责这届政府办事不力，或者叙事者对接下来要发生的事情做出暗示。这些都是事件变为情节的表现。

从多年的写作教学实践来看，一些未能完结的长篇小说确实采用了“国王死了，然后王后因哀伤而死”的情节模式，但都缺少某种暗示。新手会用大篇幅描述国王之死，读者不明就里地读到110页，直到王后因身体欠佳将进行年度体检时才恍然大悟——哦，国王之死影响到了王后的健康。合格的情节应该能促使读者迫不及待地读下去，布局再巧妙一些就更完美了，能让读者自然而然地想起前面的暗示，而不用再翻回到前文找线索。契诃夫曾说过，如果第一幕提及枪，那么第三幕必须有枪声。也就是说，第三幕的枪声作为情节元素若要奏效，第一幕必须对枪做出铺陈。

那么是否可以将情节定义为“能激发读者好奇心令其持续阅读的、以特定方式编排的一系列事件”呢？可以，但有一类长篇小说除外——事件并非读者好奇心的唯一来源，虽然故事结构混乱，叙述漫无边际，但仍能提供足够的方向性，抓住读者的注意力。我将在本章接下来的内容中举例阐述，能够激发读者好奇心及推动故事向前发展的情节是什么样的。戏剧性事件更容易催生其他事件，不露声色却发人深思的事件同样也能成为引爆其他事件的导火索，这两种形式是小说家的惯用手法。除此之外，下列更为具体的方法也有助于吊起读者的胃口：转折、重复强调、解开悬念；通过暗示或伏笔对即将发生的事件予以局部性展现；发出情绪转变的信号，比如“她开始感到不安”或“她改变了主意，并试着阻止他”。这类细微的表述在长篇小说中的功效，可能并不亚于那些精心编排（比如将行动、巧合、机会和复仇等多种元素巧妙融合）的故事。上述任何一种手法都可能引发读者的期待。

不论采用上述哪种手法，都要合理布局。若要激发读者好奇心，作家多少要有点儿读者意识，构思时小到句子大到场景都要留点悬念，既为读者提供线索，又要吊足他们的胃口。

但凡值得称道的长篇小说（或任何体裁的叙事文学），都会用特定的句子、对话和事件激发读者的兴趣，让他们在阅读时对这些内容特别留意。我们在修改草稿时便可以从读者的角度出发，留意和制造出这样的元素。在创作过程中我们可以想象出一位幕后老板，他操控着剧情按照某个既定方向展开，并留下一些提示，敦促所有人持续集中注意力。朋友讲故事时只要说一句“耐心点儿，讲这些是有原因的”，我们就会心甘情愿地坐在那儿听一段离题漫谈；“了解了我哥的过去，你就会明白那一天有多糟糕了”……诸如此类的表述能把看似杂乱无章的信息转化为有目的性的线索，只要作家在前文中对大多数线索都有交代，这样的表述便可以赢得读者的信任。如同华莱士·史蒂文斯笔下那个置于田纳西州一座山头上的坛子："使凌乱的荒野，围着山峰排列。"[1] 平淡的表述将散乱的元素组织起来，并呈现出井然有序的状态。

但首先（或者说最重要的一点），作家需要构思出这部作品的主题，也许在酝酿之初没什么想法，但动笔之前一定要将此落实。读者的阅读需要主题来指引，这要求作者的脑子里也必须绷紧这根线。虽然也需要构思一些次要问题，但主题是一定不能缺的。如果你的长篇小说已经完成了一部分，却依然没有关乎主题的大议题出现，就应该停下来仔细想想了。如果写的是家庭题材的长篇，构思主题时可以将其想象成一部跨越时间长河的家族编年史（而不是一幅静态的油画）：家族发家致富或陷入贫困的过程；丧失或重塑家族凝聚力的过程；挣脱困境或颓然屈服的过程；抑或家族某位女性成员是否完成了自我救赎……如果是游记题材，可以将主题设置为一段自我探寻之旅。如果主题关乎冲突与斗争，则要将矛盾焦点引向读者最为关注的角色身上——他成功，抑或失败了。

宽阔笔直的单行道

赫尔曼·麦尔维尔 1851 年出版了长篇小说《白鲸》，大家

[1] 编者：引自《坛子轶事》一诗：坛子立于山巅，使得凌乱的荒野"匍匐在四周，再不荒莽"。坛子的放置使得荒野有了秩序。作者想借此表现：交待清楚线索能给读者一种秩序感，赢得读者信任。

对这个故事应该都很熟悉：伊什梅尔成为了一名水手，跟随一搜捕鲸船从马萨诸塞的新贝德福德出港。船长偏执地追踪一只名叫莫比·迪克的白色抹香鲸，发誓要杀了它，因为在一次海上交锋中，这只白鲸咬掉他一条腿。捕鲸船裴廓德号几年间多次出海，一众船员在寻鲸之旅中同心协力，终于发现了莫比·迪克的踪影，最后双方同归于尽，只有伊什梅尔活了下来。距离第一次读《白鲸》已时隔多年，对于追杀抹香鲸这一主线之外的次要情节，我以为自己已经淡忘了。但最近重新阅读时我发现事实并非如此——这部作品根本就没有所谓的次要情节。小说一开头就抛出了关乎主题的大问题，即“那只该死的白鲸在哪儿？”然后用几百页的篇幅解决了这个问题——白鲸最终显露踪影。如果将小说的情节线索以路线图的形式呈现，《白鲸》无疑是一条标示明确的笔直单行道。

当然，《白鲸》及下文要讨论的其他长篇小说，它们引发读者好奇心的手段都并不单一。读者都有好奇心，但关键在于作家如何利用。如果长篇小说的写作手法不够独具匠心，人物刻画不够复杂生动，事件编排不够逼真可信（比如让事件以背离现实的方式运转，或让人物以背离所属人群的方式行事），也许某些片段很有趣，但从整体上一定无法让读者满意。对一部小说来说，激发读者好奇心并非锦上添花，而是基本的要求之一，如果无法让读者感兴趣，那根本算不得是小说。就像纸杯，它本身没什么价值，但没有它咖啡根本喝不进嘴，不过是一摊水而已。

相较于由作者来平直地叙事，该书以伊什梅尔的视角展开。这是一个富有人格魅力的角色，他将故事的来龙去脉娓娓道来，就像在跟读者聊天，也使得细节描写更加生动有趣。小说开头，他说明了投身捕鲸事业的缘由，作者麦尔维尔借由伊什梅尔的好奇心成功激发了读者的好奇心：

> 对别人来说，这一切也许不成其为诱惑；可对我来说，遥远的事物总让我心痒难熬。我爱远航旁人不敢涉足的海洋，爱登上野蛮人居留的海岸。凡属美好的东西我不会视而不见；可怕的事物，我敏于觉察，而且善于与之相处——只要人们容许我——因为一个人待在哪里就与那里的人友好相处，这有好处。[1]

《白鲸》的魅力之一在于伊什梅尔的叙述方式，亲切、欢快、投入，还带点儿离奇的色彩。随着情节深入，读者会逐渐发现白鲸丰富的象征意义。这部小说表面上是在讲述捕鲸业和海洋，实质上是在刻画人类在禁忌诱惑面前邪恶、可怕的人性本质。由于任何元素都具有双重甚至多重意义，所以即使是情节趋于平淡的部分，依然能够引人入胜。

---

[1] 译者：译文引自（美）麦尔维尔：《白鲸》，罗山川译，中央编译出版社，2010 年。

《白鲸》的故事情节确实平淡无奇。里面充斥着大量关于捕鲸业以及各种鲸鱼的介绍，诸如《抹香鲸的头部》及《露脊鲸的头部》之类的怪异短文，与主线偏离甚远，有的读者会觉得很好玩，但也一定会有读者觉得乏味。读者在阅读这些偏离主题的短文时，脑海里盘旋的一定是开头的那个关键问题：那只白鲸在哪儿？那只白鲸到底在哪儿啊？！不过由于偏离主题的描写与情节无关，有些读者也会直接略过。如果长篇小说的情节主线是一条宽阔笔直的公路，那么偏离主线的部分就是死胡同。联合包裹快递公司的送货司机会驾轻就熟地前往目的地，避开死胡同，读者在阅读过程中虽也会紧盯着主线不放，但一不留神就会被作者带偏。《白鲸》没有情节上的副线，除了追寻莫比·迪克这件事之外再无其他，但确实有一些自成一格的冲突，单独看来精彩纷呈：裴廓德号偶遇一只白鲸，但不是莫比·迪克；裴廓德号与另一艘捕鲸船相遇。高级船员和普通水手各有鲜明性格和独特爱好，也逐渐获得读者的喜爱，但他们的行动并没有影响到主线——执迷不悟地驶向白鲸莫比·迪克。如果按照福斯特的定义来看，《白鲸》只有故事，没有真正意义上的情节。

除侦探小说外，鲜有长篇小说能像《白鲸》这样鲜明直接地抛出大问题，还成为推动情节发展的主要驱动力。但与侦探小说不同的是，追踪白鲸的叙述长驱直入，并不复杂，既没有虚张声势的错误引导，也没有令人沮丧的失误，更没有故布疑阵的多余线索。仅凭如此单薄的情节，是无法成为经典的，那么《白鲸》的伟大之处在哪里呢？当然还关乎情节之外的其他元素，比如对亚哈船长偏执性格的逼真刻画，内容中大胆广博的涉猎，高度紧张的氛围，丰富多元的论述，以及对白鲸和海洋细致入微的呈现，等等。这些元素汇聚到一起，似乎时刻都在提醒读者，小说的深意远比海洋更宽广。麦尔维尔并没有直接点明主题，也没有说教布道，他的沉默和保留反而使白鲸具备了前所未有的象征意义，神秘莫测且强大有力。小说结尾伊什梅尔引用了《约伯记》中的一句话[1]："只有我侥幸逃脱了灾难，回来给你们讲述这个故事。"暗示麦尔维尔写的原本就不是平常人的生活，如此一来所有离奇之处就都情有可原了。

本质上，《白鲸》属于冒险故事——趣味横生的小插曲接二连三地发生，最激动人心的事件压轴出场。如果你正在创作的长篇小说恰好是此种模式，也是讲述探寻唯一目标的故事，也由一系列惊心动魄的事件构成，那你大可以效仿麦尔维尔，在开头就直接抛出主线，并构思出足够震撼的结局。我想既然你已经确定了主线，对结局应该早就胸有成竹了。不过，由于情节薄弱，沿袭此种模式的长篇小说要想成功，其故事必须引人入胜，文笔需得炉火纯青。

[1] 编者：原句为：And I only am escaped alone to tell thee.——《约伯记》第一章

风景优美的观光线路

我们已经从作者创作的角度分析过乔治·艾略特的《米德尔马契》，它又是如何获得读者青睐的呢?《米德尔马契》不是靠单一的主线来吸引读者的，而是在总体故事框架中安排了一系列独立的故事，每个故事各有其悬念：一个谜团刚破解，另一谜团紧接着出现，以此牢牢抓住读者的注意力。如果说《白鲸》的阅读体验像驾车从纽约出发，走州际公路直奔旧金山，那么读《米德尔马契》这类长篇小说就像去往美国西海岸的自驾游，途中你会在匹兹堡稍事停顿，探望下表哥，他建议你“去芝加哥艺术学院看看”。到那儿之后，你萌生了投入毕生精力研究爱德华·霍珀[1]画作的想法。你还在那儿遇见了大学同窗，他邀请你一起去落基山脉露营。露营途中你不慎迷路，最终志愿者营救队赶来救援，营救队伍中有一位颇具才气的艺术史教授，他后来指导你完成了关于霍珀的学术论文……以此类推。各个事件既独立存在，分别占据一定篇幅，又都相互关联，一件事刚告一段落，另一件事接踵而至，牢牢锁定了读者的注意力。

托马斯·曼的长篇小说《魔山》亦属此种模式，虽然情节远没有《米德尔马契》那么复杂，但依然能吸引读者的阅读

[1] 编者：爱德华·霍珀(Edward Hopper, 1882—1967)，美国著名写实画家，其部分作品现收藏于芝加哥艺术博物馆。霍珀常驾车旅行，他的许多画作都是在旅途中完成的。

兴趣。《魔山》极尽详细地讲述了主人公汉斯 · 卡斯托普的故事：他最初以访客身份旅居于阿尔卑斯山的一家肺病疗养院，后来染上了肺结核；他本打算逗留三周——这段时间的叙事以小时为单位详细展开，并占据了二百多页篇幅；后来他在此滞留了七年。"时间"是托马斯 · 曼的主要关注点之一，无大事发生时，时间以"月"甚至"年"为单位匆匆流逝，生活也不着痕迹地发生着变化。正如他所言：一段时间内发生的事情对情节的影响程度决定了这件事占据的篇幅，无甚影响的一年与发生巨变的一日应该着以同等笔墨。他将这个想法发挥到极致，读者既好奇谜团何时破解，又好奇何时才能回归正常的时间模式。整体看来，《魔山》的故事平淡无奇：汉斯 · 卡斯托普被迫脱离正常生活，每天无所事事，不过就是吃吃饭（疗养院一日五餐），聊聊天，在阳台上的靠椅里躺一会儿，天气冷时再裹条毛毯……但总归还是有几个小插曲的：汉斯 · 卡斯托普滑雪时迷路；一场决斗；几次自杀未遂。沉闷缓慢、如吟诵一般的叙述增强了这几个小插曲的存在感，效果丝毫不亚于其他长篇小说中的戏剧性事件。尽管《魔山》汇聚了各种思想观念，人物之间的激烈分歧也为其增色不少，但为了吸引读者的阅读兴趣，托马斯 · 曼还是不能免俗地运用了一些常规手法。

小说的前四分之一，读者已经预料到卡斯托普将感染肺结核、由访客变为病人，并紧张地盼着卡斯托普能尽快发现自己的病情，毕竟按照疗养院医生的标准，这里的每个人都有病，卡斯托普又怎么能全身而退。最后他终于测了体温，嘴里含着体温计的那七分钟，小说悬念骤升；而被确诊染上肺结核后的那一刻，他爱上了一位女病人，读者又开始期盼他们眉目传情、走廊偶遇直至开口交谈的桥段。一夜春宵后，那位女士离开了疗养院，后来还发生了其他事情。不过那位女士最终还是回来了。

《魔山》是一部典型的概念小说[1]，主人公能否理解作者所要表达的理念也是一大悬念。这部小说花了大篇幅描述汉斯·卡斯托普倾听一位意大利人文主义者和另一位崇尚专制的耶稣会信徒争论精神和肉体、生存与死亡的思辨。二者高下立见，傻乎乎的汉斯·卡斯特普却认为他们各有各的道理，读者干着急，期盼他能尽快开窍——信徒否定人活着的价值，他和疗养院都象征着死亡——随着情节的深入，读者对此了然于胸，愈发急切地期盼卡斯托普能领悟到两人之间的对错之分。

任何不确定因素在新问题出现前都能对读者产生吸引力。汉斯·卡斯托普爱着的女人回来了，还带了一个男人——皮佩尔科尔恩。虽然是情敌，但相较于为了吸引自己注意力而争相献宝的人文主义者和宗教信徒，汉斯觉得皮佩尔科尔恩更具魅

---

[1] 编者：英国小说家戴维·洛奇将概念小说（novel of ideas）定义为："是概念——而不是比如说情感、道德选择、人际关系或人的命运浮沉——构成了作品能量的来源，产生、形成并保持着叙事的推动力"的作品。

力。在关于皮佩尔科尔恩的描写中有这样一句话:“他在这儿最后的时光。”随后的叙述像是作者与读者之间就此事的讨论:

> ——最后的时光了?所以他不能再多待一段时日了?
>
> ——对,没有多少时间了。
>
> ——所以他离开了?
>
> ——既对又不对。
>
> ——既对又不对?别再故弄玄虚了!请有话直说……讲话含糊不清的皮佩尔科恩是被恶性疟疾夺取生命的吗?
>
> ——不,他不是这么死的。你为何要这么不耐烦呢?世间不是所有事都能一下弄明白的,这种模糊性是真实生活和故事里必然会有的,没有人能超越上帝为我们人类定下的理解世界的方法。

这种不确定性配以托马斯·曼的心理洞察力,赋予了各个事件生命力和趣味性。此外,与讲述大学、寄宿学校、远洋航船或艺术家群体生活的长篇小说相似,《魔山》也是以微观世界呈现社会缩影的作品。疗养院就是这个微观世界,这里的人执迷于死亡,且都无法自拔,直至结尾“一战”爆发众人才忽然觉醒,开始回归正常生活。

高速公路

尽管长篇小说经常出现与主题无关的描写，但读者依然会从始至终盯紧情节主线。与《白鲸》及《魔山》相比，海明威第一部长篇小说《太阳照样升起》的情节构思更为成熟，但在表达上却都以寥寥数语一带而过。与《米德尔马契》之类的长篇小说一样，《太阳照样升起》中既有对情节主线起到推动作用的事件，也有大段没有推动作用的内容。故事讲述了一群流亡海外的英美人士在“一战”结束后旅居巴黎的生活。拿它当旅行游记来读也不错，哪怕你只在巴黎待过几天，都会对小说所描绘的居民区及地标性建筑倍感亲切，一众人物就是在那里饮酒作乐、互相认识的。不久之后，他们跑去山里钓鱼，后来又前往潘普洛纳参加斗牛节。大部分内容都跟旅行日志差不多，但全书又包含一系列充满悬念的事件，这些事件之间不仅具有因果关联，还展示了人物们性格中的内在冲突。除了饮酒作乐、观看斗牛和孤独感，他们也采取（或不采取）某些行动，以对生活做出反应，如此一来人物的情感和期盼便有了发泄的通道。几乎每个场景都在描述特定地点的风光，以及主要人物如何寻欢作乐，但都会用几段内容提出新想法、引发新事件或新问题，这样一来饮酒作乐、观看斗牛就变成了故事背景，也因此每个场景都有了其存在的意义。

众所周知，《太阳照常升起》中的杰克 · 巴恩斯在“一战”中身负重伤并落下性无能的病根。从海明威的整体编排上看，

“性功能障碍”不仅是主人公的病理性伤患，也是故事中所有悲剧的源头。杰克与英国贵妇勃莱特·阿施利夫人相爱，但勃莱特无法忍受没有性爱的生活，因此打算嫁给一个自己并不爱的人。杰克的一位朋友也爱上了勃莱特，大部分情节也都围绕三人在西班牙不期而遇后，这位友人如何追求勃莱特而展开。后来，勃莱特转而迷恋上一位西班牙斗牛士，他体魄强健，勇气可嘉，遵循传统，他象征着希望，证明人可以有尊严地活下去。这正是理想幻灭或身负顽疾的主角们所缺失的品质。结尾处，勃莱特与斗牛士私奔，但没过多久又让杰克来马德里与她汇合。最终她离开了斗牛士，与杰克一起返回巴黎。尽管无法与杰克真正结合，但至少勃莱特克制住了一己私情，没有毁掉斗牛士的生活。

海明威从自己的生活经历出发，比如酗酒、钓鱼及观看斗牛等，然后在此基础之上添加情节，并为每个场景安排一个悬而未决的问题，以此吸引读者的注意力。如果你想写长篇小说，但所能想到的不过是自己的日常生活，诸如吃早饭、上班、吃午饭及照看孩子之类的事情，那就试着为每个场景设置相应的问题或不确定性，便可以赋予日常生活以意义和方向感。试着想象一段：早餐时蹒跚学步的小宝宝把脆谷乐麦圈撒了一地，这时电话响起——有同事生病住院了。接下来，你在通勤车上遇见公司会计，她要调用你手头的财务记录。你假意看向窗外的风景，心里却泛起了愁绪。到达公司后你愕然发现账面数额对不上，只有那位住院的同事才知道差错的原因。来不及多想，你把账本藏在暖气片后面。之后，你与老板共进午餐，一边品味美食一边相谈甚欢，并且聊了很长时间。席间，老板品评了焦糖布丁，还顺便提到住院的同事已经进了手术室。傍晚时分，你陪孩子在游乐场玩耍，这时候电话又响了……

这就是海明威的创作手法，用大部分内容描写日常生活，然后在此基础上设置危机（尽管只是寥寥数语）——进而将日常活动由前景转化为背景，将午餐从美食日记转化为铺陈精妙且能引发悬念的故事场景，再将重要的、起决定性作用的元素不着痕迹地显露出来。沿袭此种模式创作长篇小说，需要构思一系列具有因果关系的事件，只要这些事件对读者具有足够的吸引力，多花些笔墨刻画日常生活也未尝不可。叙述中难免会有类似于长镜头的场景——除了举办派对或开车兜风之外似乎再没有其他事情可谈，但其中一定会出现新的问题、悬念或意外，比如一次偶遇、一通电话、一条出乎意料的短信、一不留神走了弯路等。《太阳照样升起》这类长篇小说的情节模式类似于在居民区上空铺设的高速公路，或是架设在布朗克斯动物园上空的单轨铁路，穿行而过时低头就能看见下面的动物。它们在各自的领地漫无目的地闲逛，但火车只朝一个方向前进。

之字形线路

基于我的写作教学经验来看，许多学生创作短篇或长篇小说时特别喜欢打乱时间顺序。我认为他们之所以这么做，一方面是向我炫耀即使这样他们依然可以保持条理清晰，而我没这份能耐；另一方面是希望转移读者注意力，让读者忙于理清事件发生的先后顺序而无暇顾及情节的薄弱——在他们的作品中，悬念往往与事件本身无关，而在于作者选择哪个时机将作品人物早已心知肚明的事情透露给读者。不过坦白讲，作者之所以喜欢打乱时间顺序有一个更重要的原因：思维过程本身就是乱序的。现实生活中，你想起昨天和妹妹共进午餐的事，然后时间退回到她八岁的生日派对，接着又穿越到她的婚礼，最后你又想起昨天跟她一起吃午饭之前发生的事情。作者希望自己的作品更贴近现实生活，倒也算情有可原，而且打乱时间顺序炫酷迷人，写起来也顺手，毕竟构思时所想到的事件就是乱序的。难怪有作者坦言，按时间顺序叙事索然无味，是过时的呆瓜[1]们才会做的事情。

对此我无法认同。尽管有时会有一些编排精妙的插叙，但时间顺序永远是首选。不论有怎样的弊端，起码框架结构是清晰的，作者可以像规划自己的生活那样酝酿下一步的创作内容。试想你最近一次等电话的场景——等人打电话说找到了

[1] 编者：原词为 dodo，即渡渡鸟，产于毛里求斯，现已灭绝。渡渡鸟体型巨大，看起来呆气十足，所以也有“迟钝愚蠢的人”“过时的东西”之意。

你的宠物狗；等医生告知你的体检结果；等待怒火中烧的恋人来电……如果这时候打乱时间顺序，不仅会因为提前泄露结果而淡化了结局的冲击力，还会分散读者的注意力。对读者来说，作者的存在感太强，他们反而不再关注故事本身了。因此，作家构思时应该把主要精力放在人物和事件上，而不是炫技抖机灵。

不过也有例外。某些情况下，叙事时间上的跳跃会产生奇效，但前提是作家的技法足够精湛娴熟，即使是完全跟随思维过程写出来的东西也能自成因果，而不只是为了无序而无序。比如《达洛维夫人》和《尤利西斯》。某些情况下，叙事时间上的跳跃是为了暂时按住不表，以选择更恰当的时机将重要信息透露出来，这样一来，情节反而会更加惊心动魄。

前文讨论女性题材的长篇小说时，我曾提到过佐伊·海勒的《她在想什么？》，打乱的叙事顺序也是这部小说的亮点。作为叙事者，年长教师芭芭拉以交替展开的双线叙述方式向读者呈现了两个故事，而每个故事单独看来又都按时间顺序进行。小说讲述了年轻女教师谢巴赫和一个男生的不伦恋情及由此引发的后果。故事开始时，芭芭拉和谢巴赫已经相识一年多，读者只知道她们当时住在一起，但不知道她们是如何认识的。芭芭拉以此为时间基点，叙述此后发生的事情。另一条叙事线又回溯到过去，以谢巴赫来到芭芭拉执教多年的学校就职为时间基点展开叙述（在那之前谢巴赫还与丈夫和两个孩子共同生活)。回顾过去时，芭芭拉会时不时跳回当下，讲述眼前刚刚发生的事情。虽然《她在想什么？》有两条时间轴，但不论是过去还是现在发生的事件都在推动情节向前发展，因此读者会紧盯着两条情节主线往下读。这种阅读体验就像沿着蜿蜒崎岖的小路爬山，虽然时而向东、时而向西，但只要坚持往上爬，必将登顶。

另一方面，芭芭拉回顾过去的那条时间线又细分成了两条线索，从而使叙事结构更加复杂：其一是她与谢巴赫相识的过程，包括两人初次见面、自己对谢巴赫渐渐改观的过程以及得知她与小男生恋情的来龙去脉。其二是相同时间节点上谢巴赫的真实经历(芭芭拉当时并不知情，后来才慢慢知晓)。

这部作品的叙事结构复杂但并不显得混乱，我想原因在于其叙事时间上的跳跃很像日常生活的会话方式。比如，你在餐厅门口遇到朋友，她说:“我和男朋友史蒂夫来吃午饭……对了，安格斯半年前辞职了，原来他早就另谋高就了……哎！史蒂夫来了，过来打个招呼吧。”海勒让两个故事在同时平行展开——师生恋的桃色绯闻以及芭芭拉和谢巴赫之间的情谊——而后者逐渐主导了小说的走势。显然，海勒用打乱叙事顺序的手法，抽丝剥茧般地将芭芭拉的动机和性格呈现给了读者，让读者渐渐意识到，作品的真正主题其实在这里——芭芭拉以不动声色的告密者身份出场，但围绕她展开的情节却出奇的多，原来她才是整部作品的主人公。比如，有个场景的开头是“我刚写完这句话，谢巴赫就从贝克威思家给我打来电话，她大声嚷嚷着讲了一些关于理查德的莫名其妙的事情，求我过去帮她一把”。芭芭拉赶过去后极尽所能地帮助谢巴赫和疏远已久的丈夫理查德缓和关系，结果却越帮越忙。这个场景出现的时机非常巧妙，早一分或晚一分都不会如此奏效。鉴于打乱时间顺序的叙事结构，海勒可以灵活安排这个场景出现的时机，同时又不会让读者感觉被作者操控，因为作者并没有故意阻止叙事者吐露实情。如果想按此模式创作长篇小说，可以先列出一个“谜底表”，然后一个接一个地揭开它们。创作长篇小说时打乱时间顺序不失为一个好办法，但其主要优势还是在于作家可以借此掌控揭晓悬念的节奏。仅仅为了还原思维的无序运转而故意打乱时间顺序未免得不偿失，既会破坏叙事结构的清晰，又无法推动情节发展。

《她在想什么？》的乱序叙述取得成功还有一个原因：虽然一开始就交代了结局，但真正的结局非常复杂，读者起初只知其然而不知其所以然，只知道两位女教师住在一起，但不知道她们究竟为什么住在一起。许多长篇小说都会采用倒叙的方法，比如一开始主人公就已经年迈，然后回顾过去交代既往经历。这种写法若要奏效，要么悬念线索纷杂，虽然一开始就交代了结局，但结局只是众多线索之一；要么结局本身超越常理，虽然已知，但读者还是想弄明白导致这般下场的原因。最不济的理由是：如果结局事件不够震撼、没有足够的吸引力，不如索性把它放在开头。

如果想让你的乱序叙事作品更有条理一些，请注意下述事项：首先，要不着痕迹地向读者暗示作品中的事件并非按照时间顺序编排，尽管他们刚开始阅读时可能会一头雾水。其次，提供简略的情节摘要，促使读者对细节产生好奇。最后，每次转换时间点时，务必在开头就交代出有明确标示的词语，以说明时间顺序上的跳跃。照顾到上述几点之后，就可以尽情想象读者在阅读时如入迷阵又甘之如饴的状态了。

迂回的小径——和孩子玩寻宝游戏

基于多年的写作教学经验来看，新手在写家庭生活的长篇时小说结构最为散乱，读起来像是不成形的手稿，但他们却偏偏最热衷家庭题材。不过结构散乱也情有可原，因为生活本来就不像小说那样可以精心安排，尤其是家庭生活，更是经常一团乱麻。家常琐事之间既没有必然的联系，也没有惊天动地的大事件，时间一晃孩子们就已经长大成人。那么此类题材的长篇小说如何在保证清晰结构和明确方向、吸引读者注意力的同时，将家庭生活真实还原出来呢？

下面我将以丽贝卡·韦斯特的长篇小说《溢流之泉》和

爱德华·圣奥宾[1]的梅尔罗斯五部曲《没关系》《坏消息》《一丝希望》《母亲的乳汁》《最终》(*Never Mind*, *Bad News*, *Some Hope*, *Mother's Milk*, *At Last*) 为例进行阐述。

家庭小说里往往不会接二连三地发生什么大事件，但情感是真挚浓烈的。旅行小说的主题在于主人公能否顺利到达目的地，相比之下，家庭小说的主题则大多与苦难有关，比如子女能否平安长大，过上所谓的幸福生活？他们将活下来还是不幸死去？向绝境屈服还是奋力争取美好的人生？作为小说主体的家庭通常贫困不堪，成年家庭成员也往往以负面形象出现，不是性格古怪，就是身患重病，不是酗酒成性就是有心理问题，甚至忽视、虐待孩子。有些家庭还会遭受偏见或不公正待遇，历史事件也会时隐时现地穿插其间。请容我最后一次用道路打比方：家庭小说的结构就像一条偶有迂回，但仍能够缓缓向前的小径。如同玩寻宝游戏，孩子们为完成一系列稀奇古怪或有教育意义的差事，必须按照任务指示在规定范围内奔跑寻找，目标可能是一张用过的巴士联运票、一片橡树树叶，也可能是一顶红帽子。每完成一项，就会在那里发现新的任务指示，然后带着新目标奔赴下一个目的地。即便在过路人眼中，他们就像无头苍蝇一样四处乱跑。家庭题材的长篇小说也是如此，情节微妙而精细，读者在阅读过程中甚至感觉不到它

[1] 编者：爱德华·圣奥宾 (Edward St. Aubyn, 1960—)，英国小说家，记者。2006 年凭借五部曲中的《母亲的乳汁》获得布克奖。

的存在，只有在读罢全书回味之时才发现，原来自己一直被情节牵着走。

家庭小说中的麻烦都以具体事件呈现。如果家庭贫困，除了一成不变的困顿，还要因财务问题发生点儿麻烦，比如最后的还款期限即将来临，或面临丢掉工作、失去房子的潜在危机；如果父母不负责任，就会有孩子受伤或生病，总之父母的疏忽必须导致一些后果。即便小说的开头部分情节并不完备，作家也无须着急，随着叙事深入，一定会发生些什么的，因为生活本就会存在威胁、承诺、截止日期等一系列元素。读者会关注家庭成员的生死、人生路的高潮与低谷、感情世界的得失，随着时间的推移这些问题将一一得到解答。此外，作家还乐于描写家庭生活中不可避免的荒谬性以及成员们喜怒哀乐的非理性，这也使得作品更加有趣，更加可读。因此，擅长写家庭小说的作家必须勇于直面生活中的荒谬。打个比方，此类作品中的上乘之作通常会配备几个具有自我毁灭倾向的人物，如果作家无法正视他们身上的荒谬性，以太过较真儿的心态进行创作，便会使人物黯然失色，还会让读者身心俱疲。

丽贝卡 · 韦斯特 1956 年出版的长篇小说《溢流之泉》，以一个名叫罗斯 · 奥布里的女孩对生活的感知作为叙事线索，讲述了一个英格兰家庭从十九世纪末至二十世纪初几十年间的生活变迁。“曾经很长一段时间内，我困惑于一件事情——爸妈互不理睬，似乎打算老死不相往来了。”这是小说的开头，用一句话向读者交代罗斯的家庭存在矛盾。读者很快就能发现问题在于父亲——一个充满乐观精神的理想主义者，押上全部身家做了一些没什么希望的投资项目。纵是如此，他还是深受孩子们喜爱，虽然妻子被他气得跳脚，但依然忠贞不渝。读者虽然也认定他成不了气候，还会毁掉这个家，但也挺喜欢他的。这部作品中的主要线索是：奥布里家破产，父亲的轻率最终让自己丢掉性命；奥布里夫人瞒着丈夫存了一大笔私房钱，才使她和孩子们不用忍饥挨饿，虽然不这样做家就散了，但她还是因为瞒骗丈夫而自责。矛盾情感的刻画是《溢流之泉》中最耀眼之处。

韦斯特的叙事风格轻松写实，一个事件刚刚结束，随即就引爆下一个，如此往复直至将冲突推向高潮。按照福斯特的定义，《流溢之泉》有一条情节主线，即父亲的莽撞浅见引发的一系列灾难。同时还有两条副线。

其中一条副线围绕音乐展开：双胞胎姐妹罗斯、玛丽和她们的妈妈都很会弹钢琴，尤其是妈妈，她在婚前是一位享有盛誉的钢琴演奏家。罗斯还有一个大姐——科迪莉亚，是一位小提琴手，但她既没有精准的技法，也没有良好的乐感。罗斯、玛丽和妈妈不得不忍受科迪莉亚毫无美感的练琴声，她们礼貌的迁就和痛苦的隐忍令人莞尔又让人心疼。后来，韦斯特用一个小插曲把科迪莉亚缺乏音乐天赋的事实暴露在小家庭之外的大世界——科迪莉亚结识了一位像她一样缺乏音乐天赋的教师朋友,在朋友的鼓励下,她决定投身演艺事业(主要观众群体是不通音律的乡野村夫),而演出大获成功。随着故事情节的深入,读者既期盼、又担心科迪莉亚发现自己真不是拉小琴的料。同时,罗斯和玛丽的钢琴演奏事业却发展平平,与之形成鲜明对比。糟糕的艺术作品大行其道,上乘的作品却无人问津——在我迄今读过的小说里,《溢流之泉》对这一社会现实刻画得最为贴切。

另一条副线围绕谋杀案展开。罗斯一位同学的妈妈谋杀了自己的丈夫,在抓捕、审讯直至即将行刑的这段时间里,奥布里一家把凶手可怜的妹妹接到家里,让她免受公众的监视和责难。身为政治记者,奥布里先生虽然也认为凶手有罪,但死刑的审判结果是有失公允的。凶杀案与其他情节相互交织并行展开,并非每件事都条理清晰,而是真实展现出现实生活的混乱和不可预期,但又能牢牢锁定读者的注意力。这正是韦斯特高明的地方。《溢流之泉》中的事件联系紧密,人物性格真实而复杂——既招人喜爱又惹人厌烦。叙事者罗斯对周围人表现出来的那种深入骨髓的不耐烦非常生动。此外,这部长篇小说还带有一点儿反现实主义色彩。比如总闹出神秘声响的幽灵,还有罗斯·奥布里预知未来的能力。这些小插曲丰富了情节,也对伦理提出了挑战——她居然会算命?

她应该将预知未来的能力运用到生活中吗？虽然鬼怪志异并非这部小说的主要卖点，但确实能够吸引读者并推动情节深入发展。

爱德华·圣奥宾的长篇小说五部曲是以他本人的生活经历为蓝本创作的，讲述了英国富翁帕特里克·梅尔罗斯从五岁至中年的人生经历，将家庭小说的种种特点发挥到了极致。前三部都很简短，出版时间也比较集中(前两部出版于1992年，第三部出版于1994年)。之后圣奥宾转而创作其他作品，所以第四部直至2005年才出版，第五部则出版于2012年。若将五部作品放在一起读，就像读一部鸿篇巨制，连贯通畅、自成一体，没有任何割裂感。

相较于《溢流之泉》，圣奥宾的五部曲情节更为精简。虽然事件众多，但相互之间无甚关联，完全靠时间的推移将生活串联起来。

这部作品中，幽默滑稽与荒谬离谱并行。不过，这里的“幽默”其实是一种黑色幽默，在部分读者看来，它们并不能产生正常的幽默所能带来的效果。第五部中有人称赞帕特里克·梅尔罗斯的父亲幽默诙谐，帕特里克却说父亲非但乏味无趣，还冷酷无情。五部曲采用了家庭小说的惯用主题——年幼的男主人公在这样的家庭能顺利长大吗？他最终能实现自我救赎吗？

在第一部《没关系》的开头，帕特里克年仅五岁，梅尔罗斯一家人正在法国度假，住在他们名下的房子里，这栋房子在后几部里也常出现。父亲大卫·梅尔罗斯常常以虐待家人为乐，母亲则酗酒成性，亦无视孩子的需求和烦恼。由于没有任何铺垫、强调或事先设定，当父亲一时兴起殴打并强暴了儿子时，似乎只有读者意识到了事态的严重性，故事里的其他人物依然无动于衷，在这种超然冷静的气氛中，故事达到高潮。虽然作者为了加强效果有时会反复提及关键语句，但叙事语调依然平静克制——发生了这件事；发生了那件事。第二部《坏消息》中，帕特里克已长大成人，还染上了毒瘾。第二部的第一页，帕特里克得知父亲在去往纽约的途中不幸身亡的消息后飞赴纽约，他先嗑了点儿药才敢去认领尸体。主人公童年被父亲强暴这条线索可谓伏线千里，读者一直对此耿耿于怀，期盼主角能够现身说法。直至第三部《一丝希望》中成功戒毒后，帕特里克才鼓起勇气向朋友讲述自己幼年的遭遇，读者的预期终于得到满足，包括叙事者在内的一众人物也终于有机会吐露心声。倒叙之中，往事一幕幕浮现，各个人物分别表达自己对过去的看法。第三部结尾处，帕特里克觉得，“作为精神世界的一部分，他的灵魂已经挣脱了倾诉的欲望，升腾、翻滚，像风筝一样渴望自由，翱翔于天际。无暇多想，他捡起脚边的枯树枝并使出全力掷去，看着它落在暗灰色的湖面。”

第四部《母亲的乳汁》，中，帕特里克结婚并有了两个儿子。第三部的他成功戒毒，这一部里却又开始酗酒，而结尾时又突然戒了酒。在这一部中，他与生命中最重要的两位女性展开抗争：一位是他的妻子玛丽——她把全部心血倾注在小儿子身上，在性生活上冷淡了帕特里克；另一位是他的母亲——她依然沉溺于自我，对帕特里克漠不关心，而且还要把承载着他儿时记忆的法国房产赠送给一位江湖游医，以支持他用来招摇撞骗的圣灵基金会。她迫使帕特里克对自己言听计从，甚至强迫他走法律途径正式放弃遗产继承权（讽刺的是，帕特里克自己就是一位律师）。第四部的情节主要围绕帕特里克母亲提出的种种无理要求展开，每一次读者都会期盼母子之间的相处模式能有所转变，要么母亲能够照顾儿子的感受，要么儿子能够拒绝母亲的要求。虽然各色人物均无任何改观，甚至还变本加厉，但这也保障了情节推进所必需的冲突和矛盾。第四部中最为精彩的章节由帕特里克的两个孩子的视角展开，他们具有超乎寻常的感知力。

第五部《最终》发生在帕特里克的母亲去世之后，描述了葬礼及福音餐会上发生的种种，还以倒叙方式穿插了之前的一些事情。来宾各怀心思，闹剧不断，本该悲伤肃穆的葬礼因此变得滑稽可笑。但结尾处，帕特里克终于完成了自我救赎，他给已经分居的妻子打去电话，表示想去看看孩子们。

帕特里克·梅尔罗斯系列小说没有几件惊天动地的大事，但却包含众多能够引发读者好奇心的元素。与其他不以情节取胜的长篇小说类似，它依靠人物多年间的情感转变和痛苦经历吸引读者，读者不会像阅读快节奏惊悚小说那样只关心“接下来会发生什么？”而是想知道时间带来的改变，即“主人公经历多年磨难最终会变成什么样子？”——帕特里克没有被逆境打败，他结了婚，生了子；以前一起嗑药的伙伴现在依然是他最好的朋友，并成为一位心理学家……诸如此类。帕特里克经历了父母相继去世、失去法国的房产、婚姻与友情中的起落这一系列“大事件”，但对他自身来说最为重要的，是凝聚周围人或事物、摆脱绝望情绪和不良嗜好的能力。他在生活中所遭遇的一切支撑起五部曲的结构框架，读者只要读了开头就欲罢不能，急切地想知道每个人物的结局。虽然帕特里克·梅尔罗斯系列小说结构相对松散，但却把家庭小说推向极致。情节欠奉的前提下仍能够一举赢得读者欢心，这仰仗于作者高超的文笔——鲜明逼真的细节，针锋相对的对话，生命流逝的韵律……有了这些，读者在了解具体情节之前就已被深深吸引，可能看了半页就会决定购买。无论何种类型的长篇小说，要想引人入胜，必须兼具优美生动的语言和精心编排的情节，二者缺一不可。结构框架越松散，叙事节奏越缓慢，情节就越单薄，对作家的语言功力要求也就越高。

那么，如何才能既忠实于现实生活中的散乱无序、不可预知，又赋予你的小说以严谨流畅的艺术性呢？首先，如果你没有编故事的天赋，不妨先停下来，想想人物的情感和性格会导致其做出何种行为，这些行为又会引发何种连锁反应。提个建议，最后期限和钱财纠纷总能引爆大事件，不失为两个好的写作素材；其次，人物犯了错，要导致一定的后果并最终解决问题才行，不能只是悔恨或争执一下就算了；此外，注意叙事顺序。打乱时间顺序是为了达到某种效果而有意为之的选择，而不是毫无约束地照搬思维过程的坏习惯。如无特殊原因，时间顺序永远是第一选择。若出于创作需要必须打乱，务必交代清楚各个线索。如果你的长篇小说以最激动人心的事件开头，然后再退回到半年或一年前交代来龙去脉，倒不如直接从过去的某个时间点写起，你总可以从过去那段时间里找到一件妙趣横生的事作为开头。如此一来，当最激动人心的事件发生时，读者已经对人物有了深入了解并产生关爱之情，共鸣感会更强烈。这里再重申一次，赋予人物性格特质的同时，一定要设置与之相符的行为，这些行为还要导致相应的后果，种种后果逐渐累积，直至一件足以支撑起长篇小说的大事件爆发。

动笔之前若要做到心中有数，可以写一份故事大纲或罗列四五个重要场景，这样一来心里会踏实些，写起来也会轻松很多。写作过程中你也许会卡壳儿，对接下来五十页的具体内容毫无想法，但由于每个重要场景都早已想好了（比如有人求之不得的东西，他人却将其拒之门外；有人恋爱了；有新人物出场……），所以只要能确定该场景的结果，就可以朝着这个既定的方向构思之前五十页的具体事件。创作长篇小说（或同等篇幅的回忆录）的方法不拘一格，但千万别把它当作一本书、一摞稿纸、一段过往或一次游览看待，而要将它看成一个故事，一个按照适宜的节奏推进、同时还要对读者构成吸引力的故事。

Part 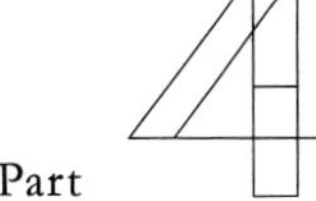

Choosing to Speak

敞开心扉

沉默，还是开口讲出来

Silence and Storytelling

开不了口——作家的写作障碍

小时候，外婆有时会让我帮她写信，因为她不会读写。我会翻出印有小狗、小兔图案的信纸，把她口述的内容写下来，然后寄给她的姐妹。她觉得这种表达方式不错，对此心满意足。我只知道外婆基本算是目不识丁，但也没深究过其中的原委。如今我才明白，她小时候生长在东欧，而那里的女孩儿当时没有权利接受教育，后来子女长大想教她识文断字，却为时已晚。

对此我感到很心痛，但外婆的经历让我体会到，能够写作是一件得天庇佑的幸事，尤其是对女性来说，能够克服重重阻碍从事写作更为难能可贵。文化习俗或法律规定剥夺了特殊人群接受教育的权利、政治审查制度、亲朋好友们的非正式审查等事由是阻碍作家写作事业的显性因素。此外还有一个隐性因素，即自我审查。基于多年教学实践中对朋友及自己的观察，我发觉女作家更倾向于自我审查，她们要么直接放弃写作，要么因为怕被别人看穿心事而提心吊胆、拐弯抹角，写一些言不由衷的东西。当然，男作家有时候也需要克服很多困难，但我认为自我审查对女作家形成的阻碍更严重，她们有时会感到无法将想法说或写出来。即使能够完成创作，女作家笔下的女性人物也无法畅所欲言，或无法为自己辩解。本章将主要讨论女性写作，因为我的学生大多是女性，这章的内容也是为了回答她们的疑惑。

当然，我的学生都能识文断字，而且她们的写作事业还经常受到鼓励。她们的家庭背景不尽相同，但都努力挤出时间和经费修读写作课程，因此我才能与她们相识。但她们有时似乎无法打心底里认同女性从事写作的合理性，就好像写作是在放纵自己。她们对写作的态度与男性学员截然不同，反倒更像外婆面对识文断字时的逆来顺受。打个比方，如果女作家的母亲病了，她可能会先把写作放在一边赶去照顾。而如果男作家的母亲病了，他可能会更加努力地写作，争取把作品卖给《纽约客》，再用稿费为母亲治病。

写作需要自我放纵，至少在开始阶段是这样的。相信你一定从写作中获得过某种快感，才会买这本书，以期学到点儿写作技巧。刚踏上写作之路时，我们只是将其当作兴趣爱好，自己写得尽兴就好，并不理会作品在他人眼中是否具有可读性。但如果把写作当作事业来经营，我们就要心甘情愿为之努力，反复修改、接受批评、广泛阅读并吸取经验，很快就会以读者诉求为首要创作目标——要给读者带来愉悦的阅读体验，而不仅仅为了满足自己的创作欲望。所以新人女作者大可以放手一搏，写作时所投入的时间、精力、自尊及金钱不是自我放纵的自私体现，你是在为读者服务。想着“我觉得自己能写出好作品”，然后便不问前程埋头苦干数年，直至有所成就——对各行各业的人士来说，这都是一条颠扑不破的真理，对艺术家来说不更是如此吗？

在前途未卜的情况下依然坚定信心投入创作不是一件容易的事情，对女作家来说更是如此。维达组织[1]官方网站发布的数据表明：男作家每年获得的出版机会及关注度远高于女作家。不论是由于出版界对女作家有意无意的歧视，还是她们在饱受歧视后产生自我怀疑，从而放弃写作、无法完结或不愿修改，很多女作家都无法逃脱作品遭受冷遇、无人问津的境遇。社会环境暂不论，本章将讨论女作家如何通过调整好自己来建立自信，将写作事业坚持下去。

自信心并不是必要条件，我自己也存在自信心不足的问题。但我已学会调整心态，把写作当作生活的必要组成部分。

[1] 编者：VIDA：Women in Literary Arts，一个致力于打破文学领域内的性别不平等、使边缘化群体（有色人种、残疾人、同性恋群体等）有机会发声的非营利组织。

就像我的眼病，以及其他不受控制的突发状况一样，我无法克制自己的写作欲望，也不想对这个选择做出是与非的评断。如果草稿不尽如人意，我不会因为缺乏信心而自欺欺人地认为还不错，也不会寄希望于某天将它改好，而是说服自己坚持写下去，无论是好是坏。

自信心无法从别处获得，不过，无论你是否拥有自信，写作时都要给自己鼓劲，说到底，自信是一种选择。我在前文论述过写作时需要的勇气：动笔开写；将自己代入到角色里，允许虚构的人物犯错吃苦。本章还将讨论另一种勇气——选择恰当的形式和语言把故事呈现出来的勇气。也许你尚未克服自信心不足这一普遍性问题，且因此忧心忡忡，但应该还有能力做出把故事交代清楚的客观选择。至少你还有选择的余地，而不是在不知不觉中扼杀掉所有可能性。

由于接触过太多有写作障碍的女性作者，我逐渐留意到她们作品中普遍存在的问题。长久以来，我都没有把女性作者看待写作的态度与她们作品中存在的问题联系起来，后来我开始思考两者之间的关联。从我的教学经验来看，女性作者作品中暴露的问题乍看之下都不难修正，都是些局部的、技术上的、个人风格上的。但事实证明这些问题极难修正，而一旦修正，原本缺乏自信的女性作者就能焕发出光彩夺目的才气，甚至远远超出我的预期。这背后的原因值得深究。修改别人作品时，她们往往游刃有余，使得原稿更上一层楼，可一旦面对自己的作品就无计可施。这种缺乏自信带来的焦虑不仅影响着遣词造句，甚至会压抑表达欲望。

在讲授艺术硕士课程时，有个女生的表现不是很好。她特别擅长遣词造句，同学们也对她的语言功底十分钦佩，但她就是写不出东西。勉强完成的几部作品都是情节薄弱、篇幅有限的短篇小说，比如某人对某事的反应，或夫妻尝试在危机过后重建信任。她从不交代事件或危机的来龙去脉，作品也往往因为过于简短含混而没有存在感。

有一次，读完她的短篇小说之后我一头雾水，所以要求她把叙事时间提前，交代清楚人物在故事开始前几个小时或几天之内的经历。修改后，篇幅从三页增至十七页，情节也更加清晰，故事讲述了发生在她祖国的一次暴动。毫不夸张地说，在我读过的短篇小说里，这部作品算得上一流。此后，这位女生一发不可收拾，以自己的祖国为背景屡创佳作。我所做的不过是让她明白，那篇短得可怜的习作已经成功勾起了我的阅读兴趣，她有大把现成的素材可写，甚至都无须费力构思，只不过缺乏写出来的自信。她的问题容易解决，至少在毕业前后那几个月的时间里，她完成了几部短篇小说且大获成功，作品不仅得以出版和获奖，还有出版商上门约稿。

遗憾的是，由于毕业之后没有组织规划，又没有作业压力，加之照顾家庭这一所有女性作家必须肩负的重任，她已经放弃了写作。在我看来，她其实可以每周适当地抽出几小时继续写作，这并不会给家庭生活造成负面影响。但也许是我低估了自我审查对女性作家造成的困扰。如果你有着和她相同的境遇，不如报名参加一个写作班或书友会之类的组织，这样起码有人督促你写作，还能帮你抵抗源自内心或他人的负面声音、坚守自我表达的权利。当然，可能你连参加写作班或书友会的自信也没有。其实大可以放轻松，朋友之间是可以相互鞭策、互相提中肯建议的，可以一起约定一个期限，强迫自己如期完成创作，然后面对面或在线上讨论成果。

通常情况下，有写作障碍的学生提交的初稿都很单薄，无非是个把人物、些许情境、几个事件。在我看来，这些作品的完整性还有很大的提升空间，其中也暴露出一些普遍问题。我在读这些作品时经常感到困惑，不知道人物身份、人物关系以及事件原委。乍看起来，上述问题似乎不值一提，因为作者只要在创作中补充一下，将哥哥的职业园林设计师身份阐明，那么他在妹妹家的花园拔除灌木、妹妹因为没给他报酬而心生愧疚就顺理成章。这个问题很好修正，只要作家自己能意识到，根本无须老师特意指出。但事实恰恰相反，不知道受了什么蛊惑，他们就是不想告诉读者哥哥是个园林设计师。

这些作品还有一个让我感到困惑的地方，就是放着直接叙述不用，非要用间接叙述，作者无法通过风格朴实且信息丰富的语句把人物的重要生活经历表述清楚，呈现的反而都是谜团——这位女士为什么要去旅行？他们在谈论谁的是非？等等。作者和人物都知道事情的来龙去脉，似乎只有读者（确切来说只有我）不明就里。所以每读一会儿，我就得在页边空白的地方狂做标注以理清思路，而且感觉故事里的人物正在拿我开涮，或背着我密谋要事。有些作者还喜欢长篇大论地描述人物的心理过程，却吝于交代到底发生了什么事，我所读到的都是一件事发生之后人物的想象、记忆或感觉。这种表述有时会导致时间顺序的错乱，使故事结构支离破碎，让我完全跟不上节奏。但她们有时又会陷入另一个极端——事件丰富，而且每个事件单独看来都像那么一回事儿，按照时间顺序编排起来也算连贯，但我既看不出事件之间有任何关联，也不知道人物的目标和动机。她们有时还会莫名其妙地背离现实主义创作原则，但却未能给作品添彩。

每当阅读学生提交的作品并感到如入迷阵时，我就会认为作者的责任心出了问题。她们（当然，有时候也是他们）压根儿不想让我知道事件的来龙去脉，因为只要我读不明白，就无法做出评判。当然你可能会说，看不懂是自己脑袋不够灵光。但是作品不是只给天才看的，得让大多数的普通读者都能看懂才行。十几年前，我教授创意写作课程时，有位学生提交了一首诗歌，不只我，其他同学也完全读不懂。我试图向他说明，写出无人能懂的作品不值得称道，表述清晰虽然不是文学创作的最高目标，但却是必不可少的先决条件。我跟他争论的时候，一位才思敏捷的年轻女士一直盯着那首诗看。她突然抬起头，眨着眼说道：“写的是众议院吗？”她答对了。好吧，不论多晦涩难懂的作品，终归有人能看明白。

直接叙述与间接叙述

假设小说开头的第一句话是“克拉斯科看着雅丽，思考该怎么办”，然后你读到第三页才发现雅丽是只狗，那这就是间接叙述，需要追加补充说明。第一次有编辑说我的作品采用了间接叙事的方式时，我根本不理解他的意思。我也是在这个问题上吃过多次苦头之后才明白个中道理。直接叙述会毫无保留地表明叙事者要开始讲故事了，并直截了当地向读者交代原委：“十月的一个下午，克拉斯科·约翰逊去中央公园遛她的狗——一只巧克力色拉布拉多犬。”而间接叙述呈现的效果，就像故事在读者入场之前就已经开始，读者只能一边跟进当下发生的一切，一边从中搜寻线索，理出头绪：“克拉斯科又看了一遍凯驰纳瑞发来的信息。嗯，她的理解应该没错。他们能搞得定吧？万一去往池塘的路上发生的那件事被凯驰纳瑞发现了怎么办呀？”间接叙述当然有其独特的魅力，亦能对大部分读者构成吸引力。读者需要耐下性子寻找线索，逐渐身临其境，就像被批准入住人物的家里一样，只要沉得住气，再往下看一会儿，就会弄明白凯驰纳瑞是什么人（Katchenary，CATCH-enary，与“抓住亨利”谐音），她到底给克拉斯科发了什么信息，以及最为重要的——去往池塘的路上到底发生了什么。

直接叙述会据实以告地说“我刚才看见一匹马”。而间接叙述则表述为“我看见了那匹马”，似乎读者早该知道这匹马是什么来路；似乎读者入场前故事已经开始，那匹马之前就在那儿；似乎认识这匹马是少数人才能享有的特权。如果小说以第三人称“她”而不是具体人名开头，往往就是以间接叙述展开，至少开头部分采用的是间接叙述。许多小说在开头的一两段都会采用间接叙述，然后再做出补充说明，比如“凯驰纳瑞是克拉斯科的妹妹”。尽管读者一时半会儿还无法弄明白去往池塘的路上到底发生了什么，但很快就可以破解那条信息的内容：凯驰纳瑞即将来访，但由于她嘴上不饶人，所以大家对她的到来并不欢迎。

所以，间接叙述不是不可以，但当众多疑点层层叠加、又没有留下任何线索，读者可能就不会买账了。下面这段用间接叙述写的小说开头是我自己编出来的，仅作为反面教材来论述。当然，学生提交的作品中也有类似的开头：

这次探访总算接近尾声了，她看着他打开箱子（这是他

> 不远万里带过来的），并思考着该对里面的礼物作何反应。

这段确实够难理解——读者不知道“他”和“她”是什么人，他们之间是什么关系，箱子是什么样的，以及他们身处何方，哪个国家的哪个州，抑或什么时代。对此类无须卖关子的信息秘而不宣或抽丝剥茧地展示有何益处呢？当然，也许这段话是女主人公内心最隐秘的想法，以至于作者不允许自己有所偏离，只要将主人公当下所想呈现出来就够了。作者觉得女主人公对带来箱子的这个人及箱子里的东西心知肚明，她默默犯嘀咕时当然无须多言。但读者不知道，他们对此一无所知，除非作者创造机会，让女主人公为读者留下些线索。对此，可以将这段修改为：

> 她看着他打开箱子——这是他不远万里带过来的，这次探访也总算接近尾声了——她不禁想起以前哥哥送过的礼物，以及自己对那些礼物的厌恶之情。她一边想着该对里面的礼物作何反应，一边回想起小时候曾一口气儿吃完了一个葡萄柚，那时她就发誓以后再也不碰那玩意儿了。

啊，那名男士是她哥哥！箱子里是葡萄柚！

同样的内容用直接叙述则是：

克拉斯科看着哥哥安格蒂诺撬开木条箱，箱子里面装满了红瓤葡萄柚，这是他千里迢迢从奥兰多带过来的。来这儿之前他和他们共同的妹妹凯驰瑞纳一起在奥兰多度假，那一星期可够他受的。克拉斯科在纽约居住的公寓狭小局促，真放不下这么多葡萄柚，而且她看到葡萄柚就反胃。

我很喜欢这几个人物的名字（比如安格蒂诺，这个名字的重音要落在倒数第二个音节），这是我孙女三岁时给自己幻想出来的朋友起的名字。言归正传，这一段没什么文采可言，但至少没有靠隐瞒信息来吸引读者。毕竟，克拉斯科知道箱子是怎么回事儿，安格蒂诺也知道，凭什么读者不能知道？说到底，对出现在这个房间里的所有人物都心知肚明的事情加以隐瞒，还以此制造悬念，难道不会显得故弄玄虚、技法拙劣吗？如果读者连客观世界里最平常的信息都不了解，又怎有余力去体会文学作品真正的神秘之处呢——比如人（或狗）的爱与恨，角色的行为动机，或是悬疑小说里的真正凶手，等等。

有信息量的句子

有位同事说，直到他顿悟了“简单朴实但满载信息的句子极具价值”的道理，才会觉得自己成为了作家。诸如“她哥哥是园林设计师”之类的句子不难驾驭，但我想不明白为何许多人写不出来。他们告诉我，之所以不这样写是因为觉得这类句子很乏味，其实不然，比如用“是”或“不是”回答“州立大街是这么走吗”，如果事不关己，你肯定觉得这种回答无聊透顶；但你若是提问者，这种具有信息功能的回答则正中下怀。

“描述而非陈述”是一个潜在谬论。创意写作教师之所以提倡描述而非陈述，是因为与“哈里笨手笨脚”相比，“哈里把啤酒洒到我的汉堡上”更加形象。但这一主张后来被当成教条执行，似乎任何元素都不能以“陈述”的方式呈现。因此，作家经常长篇大论地“描述”，比如小宝宝已经会走路了但还没长牙或已经长了牙但还不会走路，就是不直接交代小宝宝的年龄。当然，栩栩如生地描述人物及情景确实是小说的惯用手法，但不必从头到尾、每字每句都这样，很多情况下只需要直陈事实。本节之所以对此进行专门讨论，不仅因为新手往往意识不到直陈事实的重要性——比如“小宝宝十三个月了”或“哥哥是园林设计师”，而且有些人即使能意识到，也不愿意这样写，似乎是私下里约好的一样。就像一群人聚在一起研究应该吃什么，大家都担心自己提议的餐馆如果味道不佳会落人口实，因此都在被动等待。这时有人勇敢地打破僵局，提出：“吃比萨怎么样？我知道州立大街上有一家还不错，走三条街就到。”如果你是因害怕承担责任而麻木等待的一员，请先克服胆小怕事的心理，拿出勇气和担当，尝试在创作中直陈事实。

作家无须对人物做出事无巨细的展现（起码小说开头部分无须如此），但还请用简单朴实且有足够信息量的句子交代清楚基础事实，以便于读者跟进故事情节，并将误解歧义扼杀在摇篮里。这是读者能读懂小说的必要条件。假如，某部作品的开头是一男一女吃早饭时在餐桌边展开的长对话，那读者很容易做出“两个人是情侣或夫妻”的猜测。但实际上这位女士是一位按摩师，男士是一位同性恋人士，他尚未睡醒的丈夫正是这位女按摩师的客户，因此她只能一边喝咖啡一边等着。这种情况下，你最好直陈事实，把该交代的都交代清楚，以免造成误解。

悬　念

前文已经讨论过，用一两个直陈事实就能揭晓的悬念没有必要。现在我们再看看有存在价值的悬念，比如最后一章才揭晓去往池塘的路上发生了什么可怕的事情，读者也觉得很紧张很刺激。故布疑阵、拖延一会儿再揭晓悬念不失为一种好方法，但如果事先没有埋下任何伏笔就开始揭秘是断不可行的，事先极尽渲染然后草草收尾也不可以，读者会为之前的等待愤愤不平。此外，拖延太久迟迟不揭晓也会引发读者不快，等待的时间越长，所揭示的谜底越得趣味横生、出人意料才行。最后还有一点（也是最重要的一点），小说的叙事者从始至终都对谜团心知肚明，但读者却一直被蒙在鼓里——这样的悬念才是最让人无法接受的。

不过，上段提到的最后一点也并非完全不可，只是这样的小说想写好有一定难度，一不小心可能就会偏离初衷。如果执意这么做，作家需要谨慎小心并保持头脑清醒——要么选定一个稀里糊涂的人物作叙事者，这样在展现其心理活动时就可以避免关键信息的泄露；要么选一个不善言辞的人，这样就可以顺理成章地遗漏掉关键信息；要么让叙事者直接表明自己要讲故事，为了把故事讲得生动才有意隐瞒关键信息。换言之，叙事者不仅要采用直接叙事法(比如"从去年夏天开始，我把所有业余时间用来训练宠物狗雅丽")，还要端出叙事者的权威向读者表明自己才是故事的主导，留有悬念或暂且不表是理所应当的。例如前文中引用的托马斯 · 曼《魔山》中的那段话，或是本章的例子："在告诉你们安格蒂诺来访的原因以及他来了之后的所作所为之前，还是先说说我和雅丽上午在池塘那儿都做了什么。"只要叙事者权威感十足，任何问题都可以迎刃而解。

所以，作家若要在小说中加入悬念，得时刻保持头脑清醒。有时我们会突然萌生一个看似可行却又不甚明确的想法，比如写到安格蒂诺来访，但还没想好他来这儿的目的以及他在这儿做了什么。就像风筝翱翔天际，你不知道哪股风会将它吹向哪里。同样，初稿里也包含着各种各样有趣的可能性，但不到最后一稿是无法做出最恰当的取舍的。这时你最好稍事休息，不管养没养狗都出去溜达溜达，梳理一下情节主线，看看哪些信息有用哪些没有，哪些暂且不表反而更出彩。悬念不会从天而降，作家必须下一番苦功夫才行。

我曾在社区大学教过写作课程，那时班上有个学生居然写起了长篇小说，给我留下了很深的印象。那时我自己尚未开始小说创作，其他学生也只是写点杂七杂八的东西应付了事，而他却交给了我许多页的手稿。那是一部讲述宇航员们飞向太阳、遨游太空的作品。有一天我按捺不住好奇，就问他宇航员是如何到达太阳，又是如何回来的，他说还没想好。不久之后，他的小说就没有下文了。所以，作家在设置悬念之前最好把谜底想清楚，最迟也要在创作了二三十页之后想清楚。

沉溺于心理活动的人物

新手往往太过侧重人物的心理活动，比如安格蒂诺“依然记得”这个，“想知道”那个，同时又“幻想”了别的什么事情……心理活动呈现的是安格蒂诺的回忆、思考及幻想的过程，而不是客观世界中引发其回忆、思考及幻想的真实事物。心理活动的描写无形中拖慢了叙事节奏，阻碍了情节的发展。作家容易陶醉于精神世界，在创作时也会情不自禁地将心理活动当作情节，将自己的喜好代入到人物身上。前文其实提到过这个问题。作家通常会选择“安格蒂诺依然记得自己和妹妹在那时候爬上了山顶”这样的表述，我觉得他们之所以选择这种表述方法，主要是因为缺乏自信、没有叙事权威，而不仅仅是陶醉于精神世界。他们想让读者知道登上山顶这件事，但不确定简单表述为“几年前的一天早晨，安格蒂诺和妹妹爬上了山顶”是否妥当。毕竟，如果作为叙事者的安格蒂诺都忘记这件事了，读者就更无从知晓了。所以，安格蒂诺需要自证其身，表明自己记得这件事，才有资格讲给读者听。但其实没必要每件事都通过人物意识层面加以展现。描写心理过程确实能凸显安格蒂诺心理活动丰富，但也从反面证明他太沉溺于心理活动。但通常来说，实际发生的事情远比心理活动本身令人兴奋。

刻意打乱时间顺序

众所周知，思维运转方式混乱无序，但现实生活是按时间顺序展开的。前文讨论过创作长篇小说时打乱时间顺序的优势与弊端，此处旧事重提，是因为我发现了某种规律，即乱序叙述更容易发生在以下情形：其一，相较于客观世界的外向型体验，作家更钟情于心理活动的内向型体验；其二，作家受到创作焦虑的驱使，担心受限于时间顺序的约束（诸如制定大纲），从而不敢做出承诺与决定，害怕太过确切的事情，害怕对读者说："嗨，大家好，我是作者，你是读者，下面开始讲故事！"

最近有个女生刚完成了一部短篇小说。她才华横溢，但十分抗拒修改自己的作品。显然，对她来说写小说已经够呛了，修改意味着退回到原点重来一遍，那简直是要她的命。第一个场景中没有什么事情发生，展现的主要是女主人公内心的愧疚与厌恶，作者交代的客观事实很有限，所以读起来毫无头绪。尽管如此寡淡的场景出现在小说开头，但按照时间顺序来说它却是最后发生的，读者只有读罢全篇之后才能弄明白开头的意义：女主人公搭乘地铁，恰逢一位乞丐在同一节车厢内行乞，而那正是她父亲。我很确定，如果按照时间顺序展开叙事，把父女相逢的场景安排在小说结尾（也就是按照时间顺序来写），效果一定会好上许多。我没有再看到这部作品，也不认为自己的修改建议奏效了。也许她太怕自己会改出传世佳作。

动机不明

我认为作家无须为动机犯愁，大千世界无奇不有，人们会出于各种原因做各种事情。展现人物在采取行动之前的经历比分析其行为动机更有意思，比如克拉斯科为何转变心意收养了小狗雅丽？她本来说不养狗，但突然又养起狗来，这中间发生了什么？也许因为上司对她做出了负面评价，也许因为妈妈生病了，也许因为哥哥安格蒂诺要移居巴黎。反之也说得通——上司提拔她升职，经确诊妈妈并未患癌，或安格蒂诺只是搬到了隔壁街区。作者怎么写怎么有理，只要读者能感受到克拉斯科每时每刻的心理变化直至最终转变心意，就会认同她确实需要养只狗。

我时常读到动机不明的小说，其大致情节类似于：女主人公去了一家商店，然后她收养了一只小狗，再后来她辞职了。我不知道她如此行事有何动机。更确切地说，我对女主人公一点儿也不了解。作者没有对人物进行深入挖掘、赋予其鲜明的性格特征及情感，因此我完全无法想象她为什么会在同一天之内做了这些事。动机不明也与缺乏自信导致的创作焦虑有一定关系——也许是作者对现实生活的感知力不强，也许是他们无法将自己对现实生活的感知代入到人物身上。也许有人觉得本段头开那样的故事有一种化繁就简、轻描淡写的优雅感，但实际上就是动机不明，缺少对人物心理和情感的必要刻画。所以在去除烦琐赘述之前，请务必对必要元素予以保留。

无益的脱离现实

小说创作中，作者有时会脱离现实主义，而且是一种无益的脱离，这与自信心不足未必有直接联系，但可能多少会受点影响。作者私下里一旦感到灵感枯竭难以为继，就容易转而写超自然现象。但并不是说脱离现实不行，如果现实主义已经无法满足你的创作欲望，你当然可以做出新的尝试。这时有人会说："也许我该试试魔幻现实主义。"也有人会说："我想让那匹马开口说话。"相比之下，我比较担心前者，即作者对魔幻主义的笼统尝试，它表明作家担心以现实主义方式描写真实世界会使作品变得枯燥乏味，因此才选择魔幻现实主义。那后者呢？加上一匹会说话的马就能挽回局面了？如果你平时就喜欢读天马行空的作品，且善于在想象与现实的边际游走，那么一旦打定主意让马开口说话，不妨就这么写。但接下来你要做一件事——向读者说明作品中的想象世界与读者认知中的现实世界有何不同。可是，如果你的作品本来是现实主义基调，到第 234 页时马却突然开口说话，为了保证情节的合理性就需要做出解释说明。否则，你不是对马缺乏基础认识，就是在拿读者当傻子。

省　略

以上就是我对缺乏自信心可能引发的各种问题的阐述，我发现它们有一个共同的特点——省略。新手在创作中故弄玄虚有时并非出于美学考虑，而是借此省略一些不得不说，但又没有自信说出口的东西。前文论述过的许多问题都带有省略性质，比如过于浓缩的表达、有意遗漏的事件及间接叙述法。

省略是一种叙事风格，也是叙事技巧，指讲故事时假装对重要元素避而不谈，或勉强聊几句有的没的。其实只要运用得当，省略往往会给小说创作锦上添花。采用此手法的作家虽然具有强烈的表达欲望，但会装作若无其事，好像压根儿不想讲故事，看起来口风很紧，但留下的线索都很明确。尽管有时揭开谜底的叙述只是夹杂在从句中不甚明显的位置，但确实白纸黑字写在那里，提供了足以令读者震惊的线索。省略是不断做减法而非加法，不仅在句法层面用最少的词语表达语意，在其他层面也越精炼越好，总之简短凝练就对了。因此，省略风格的诗歌或短篇小说往往极其简短，有时还会采取留白的方式，无声胜有声。省略风格的小说也有长篇的，也会在叙述中欲语还休，叙事者从不说破，但会适当留下线索；抑或对一切心知肚明，但不会马上就透露天机。间接叙事方法是一种既能让读者感觉到情节的偶然性又能提升阅读乐趣的写作方法，也是一种常会用到省略的写作方法。为了保证间接叙事的清晰合理，叙事者会对重要信息精挑细选，再巧妙地向读者提供一部分线索，省略一部分线索。省略风格有时是为了给作品锦上添花，有时是情非得已的无奈之选，下文将举例说明如何有效运用省略。

为安全而省略

作家会不会在不得已的情况下使用省略呢？关于这个问题，我马上想到诗人安娜·阿赫玛托娃。1917 年俄国革命期间，她加入了当时极为活跃的写作出版团体。此后的很多年里，她一直未离开过这片土地。安娜·阿赫玛托娃本人虽从未坐过牢，但她的儿子被关押多年，许多作家同仁也曾被捕入狱甚至被执行死刑，她的第一任丈夫就是被枪决的。她还承受着来自家人的无声审判——十七岁时，父亲以断绝父女关系要挟她放弃诗歌创作；后来，第二任丈夫也禁止她从事诗歌创作。

沉寂多年之后，阿赫玛托娃再次开始诗歌创作。她的部分作品得以出版，但针对她的政治审查并未停止。1966 年阿赫玛托娃去世，有生之年里，她的部分诗作一直未能在俄罗斯出版。

阿赫玛托娃的早期诗作大多以爱情和情感生活为主题。她的作品彰显出间接叙述风格，并能有效拉近她与读者之间的距离。阿赫玛托娃诗作的英语译者南希·K. 安德森在诗集《击退死亡的话语》(*The Word That Causes Death's Defeat*) 中写道："阿赫玛托娃的抒情诗没有为了交代背景而有所停顿，而是直接投入到叙述中……从而制造出一种出乎意料的亲切感，读者就像无意间听到她的自白或是读到她的日记。"她写过一首以"深色的面纱下"为开头的诗歌，讲述男友不明原因地离她而去。下面是这首诗的最后一节：

我喘息着冲他大喊：
“从前的一切都是游戏。
请不要离开，否则我会死。”
他面色平静，微笑可怖地对我说：
“别站在风口里。”

诗中使用的省略挑不出毛病，并不会引发歧义。虽然诗人没有交代游戏到底指代什么、他们是情侣还是夫妻、他们何时相识，但并不影响读者理解。所要省略的信息明显经过筛选，以确保读者能够明白他们是恋人而非上下级或兄妹。同时，精确的细节描写使诗歌更具画面感和个性。这首诗的省略运用得恰如其分。不过唯一需要注意的是，对人物关系予以省略最好只用于爱情题材。我认识一位从事短篇小说创作的作家，他的老师也鼓励学生在创作中使用省略叙述。最近他跟我说自己刚想明白一件事，即小说创作不用局限于爱情题材，还可以写写生活的其他方面。当然，爱情是文学创作的永恒主题，但并不是唯一的主题。如果你就是想写雇主与雇员的故事，或者如前文列举的例子——女按摩师与其同性恋男客户的丈夫的故事，请务必交代清楚人物关系等既定事实。

与早期作品不同，阿赫玛托娃的晚期诗作呈现出的省略风格则是有意为之。《没有主人公的叙事诗》是她诗歌创作生涯晚期的代表作，呈现方式宛如密码，背后含义极其模糊。

这首诗非常晦涩，同时代的人都无法读懂。阿赫玛托娃多年间数易其稿并做出增补，后来她在这首诗中加上了编辑对第一部分的批评：

> 读者会不明所以的。还不够清晰——故事是什么时候进入尾声的，谁和谁是恋人，谁跟谁在什么时间又因为什么原因一起做了什么，谁死掉了，谁还活着。

她拒绝做出解释说明。晦涩不清似乎主宰了她的创作，但这正是她要追求的效果。

《安魂曲》是阿赫玛托娃诗歌生涯晚期的另一代表作，为纪念自己怀抱包裹在监狱门口排队等待以探听儿子消息时的忐忑焦虑——这些时间累积起来至少也有几百个小时。如果狱方接收了家属送来的包裹，证明犯人尚在人间，且还被关押在这家监狱。除此之外，家属无从得知他们的任何消息。阿赫玛托娃在注解里提及，有一次在监狱排队的时候，大家认出了她，有位女士问她："你能把这些遭遇写出来吗？"她说："我能。"她确实做到了，虽然这首诗隐晦迂回，但不难理解，而且触动人心。

创作《安魂曲》的阶段，不仅她的作品的出版遭到禁止，她本人甚至也被禁止从事诗歌创作。在这样的环境下，她只好把构思好的诗句默默记在心里，然后想办法转达给朋友，好让他们帮忙记住。阿赫玛托娃的好友莉迪亚·恰克夫斯卡娅曾描述过她的这种创作经历，这段经历也被收在了《击退死亡的话语》中：

> 每当安娜来看我，就会在我耳边低声背诵《安魂曲》中刚完成的那一部分，但是在丰坦尼宫她自己的住所里，她连提都不敢提；有时背诵到一半儿，她就会突然停止，用眼睛示意我天花板或者墙上有动静，改用纸笔把剩下的内容默写出来；然后，她会故意高声说一些稀松平常的话："你想喝点儿茶吗？"或者"你晒得太黑了"。这样就能盖住她在稿纸上奋笔疾书的摩擦声。然后她把默写好的内容递给我看，我会一边读一边试着记住这些内容，再悄悄地把稿纸递还给她。"今年秋天来得真早"，安娜·安德烈耶夫娜高声说道，同时划着一根火柴，将那张稿纸丢进烟灰缸里烧毁。

如果阿赫玛托娃的创作能得到来自政府和家人的鼓励，其作品又会呈现出怎样的面貌呢？我们无从知晓。但可以肯定的是，阿赫玛托娃凝练节制的诗学审美既是迫于现实的无奈之选，也源于她先天的节奏感及语感。正如她的译者安德森所言：现实需要终将演变为情感需要。

作品中的被动沉默式人物

与阿赫玛托娃类似，许多作家都将主要人物设置为由于某种原因无法开口说话的女性，女作家尤其偏爱此类人物。爱尔兰女作家玛丽·科斯特洛 2015 年在美国出版的长篇小说《学院街》(*Academy Street*) 中，女主人公在母亲去世后又受到了某些惊吓，一系列打击让她失去了说话的能力——在我看来，女主人公实际上是因为没有人可以说，所以变得不能说。几个月后，面对一位可以信赖的家人时，她突然重获说话的能力。尤多拉·韦尔蒂 1972 年出版的长篇小说《乐观者的女儿》中，女主人公与父亲都不善言谈，母亲却直率坦诚、心直口快而又心思细腻。母亲去世后父亲再婚，后母举止粗鲁，她与女主人公亡母的唯一共同点就是挥洒自如的表达能力，能将所思所想及时说出来。英裔爱尔兰女作家伊丽莎白·鲍恩也在多部长篇小说中描写过此类人物——女主人公往往年幼丧母，由于某种原因而无法开口说话；而一旦某个人不假思索地说点什么，就必然引发灾难性后果。

上述小说大多带有省略的风格。以尤多拉·韦尔蒂的《乐观者的女儿》为例，小说的开场描写的是事态发展的中间阶段，没个一时半会儿，读者是不会确切了解故事的来龙去脉的。第一句话采用了间接叙述："一名护士给他们打开门。"由于代词"他们"没有先行词，读者不知道走进门的是什么人。不过"一名护士"的描述倒是给了点儿有用的信息，作者也并没有为了增加悬念而把她描述成“穿着医院制服的年轻女士”。第二句话直截了当地交代了人物和地点：“麦凯尔瓦法官头一个走了进去，他的女儿劳雷尔、妻子费伊紧随其后。进了那个没有窗户的房间后，医生马上要在那里给他做检查。”

接下来的段落展现了每个人物的样貌、对话和动作，尽管依然停留在同一场景，但作者还是隐晦地交代了一些事实，比如劳雷尔“四十五岁左右”以及“新奥尔良对他们来说是外乡”。后面这句话至关重要，否则读者会理所当然地认为他们中至少有一人住在新奥尔良。悬念就此产生，读者得耐心往下看才会弄明白他们到这个举目无亲的地方干吗。读者虽不明所以，但并非毫无头绪，所以不会做出太过离谱的揣度。而劳雷尔的亡母是个例外，这个人物以各种暗线零星呈现，由于太过隐晦，以至于读者都不太会察觉。从这个角度看，亡母这个角色同样是一个无法为自己发声的女性。

在艾丽丝·门罗的短篇小说《科尔特斯岛》中，女主人公是一个热爱写作的女青年，她常常受到那位尖酸刻薄的女房东的窥探和诋毁，以致无法按照自己的意愿生活，无法畅所欲言。小说的时间背景设置在二十世纪五十年代，年轻的女主人公与丈夫租住在温哥华的一间地下室，楼上住着年迈的戈里夫妇。故事以女主人公的视角展开，她佯装找工作，实际上却在写小说（但成果并不理想），被看到的时候，便谎称自己在写信。她写来写去都是那些东西，写几页就撕掉，团起来扔进垃圾桶。

笔记本撕完了，就再买个新的。每当戈里太太因为一些琐事冲女主人公发脾气，就会顺带着贬低她尚未完成的小说，还说她是个疯子。后来真相浮出水面，原来每当女主人公外出时，戈里太太就会潜入地下室，将垃圾箱里的草稿翻出来读。

戈里太太认为女人就该有女人的样子。她总是精心装扮自己，还热衷于烘焙甜点和打扫卫生。虽然她做的糕点难以下咽，但她还是盛情邀请女主人公上楼品尝——其实女主人公更愿意在家阅读和写作。随着情节的深入，各种线索也逐渐展开。女主人公的丈夫切斯是一个更重视家庭事务和物质财富的人，他们当初结婚主要是为了合理合法地解决性需求，而现在他们的共同目标是提升物质生活水平。最终，女主人公在图书馆找到一份差事。有了双份的薪水，他们可以负担相对贵一点儿的房租，于是夫妻俩搬到一间更宽敞的公寓居住。女主人公很开心，地下室生活令她的精神世界备受摧残——既要应对戈里太太的古怪脾气及窥探纠缠，偶尔还要帮忙照顾身患中风的戈里先生——他已经卧床不起并无法说话了。戈里先生的病况带有象征意义，影射了女主人公无法为自己发声的窘境。小说还若有似无地暗示女主人公做出了错误选择，她不应该放弃写作转而去当“在图书馆工作的女人”。虽然这份工作赋予了她清晰的社会职能，并被社会认同理解，但每天忙于理书上架及登记借阅信息，让她没了时间阅读和写作。

搬离地下室之后的很多年，女主人公逐渐淡忘了戈里太太的种种，但却经常做梦，还都是以戈里先生为对象的绮梦。故事总有结局，女主人公最后与丈夫离婚了，但读者可以继续畅想——也许她最终重拾作家梦，没准儿会成为和艾丽丝·门罗相比肩的大作家。然而我觉得不太可能，她的写作事业起初遭到他人的审查，后来受限于自我审查，其实已经终止了。

门罗是一位坦率直言的作家。她的小说一般都以直接叙述展开，篇幅也相对较长。但这部短篇小说中，为了营造亲切的叙事氛围，她罕有地使用了间接叙述，就像对朋友倾诉心声。小说开头女主人公提到的是“切斯和他办公的地点”，而没有说“切斯是我丈夫”或“切斯是一家公司的职员”。很显然，后一类表述有些正式和拘谨。

这部小说最有趣的省略是隐藏在主线情节背后的一段往事。有一次戈里太太外出，女主人公上楼帮忙照顾已经失语的戈里先生，他用手势示意女主人公阅读剪报本。那些新闻报道的是同一件事：在温哥华北部自然保护区的科尔特斯岛林区内，有栋房子突发大火致某男士葬身火海，而这场火灾不排除人为的可能。事发时，男死者的妻子外出与友人划船。第一篇报道并未透露这位友人的真实姓名，但第二篇报道公布了，竟然是戈里先生。那么男死者的妻子就是现在这位烘焙手艺糟糕透顶的戈里太太喽？而且她确实跟女主人公说起过自己曾在自然保护区住过一段时间。以上就是这段往事的全部线索，但读者会借此进行猜测——戈里先生本是戈里太太的婚外恋对象，他们为了名正言顺地在一起而密谋杀死了戈里太太的第一任丈夫，此后他们一起逃离科尔特斯岛。只是当年炽烈的爱恋与激情经不住岁月蹉跎，戈里太太终归还是要面对不尽如人意的家庭生活。

节制的叙述读起来令人毛骨悚然。作为叙事者的女主人公无意间读到有关陈年往事的新闻报道，读者再从中搜寻线索并试图拼凑事件的全貌。省略的事实越多，想象的空间越大，也许有些事只能意会不能言传。有所省略的故事之所以极具震撼力，某种程度上是因为叙事者压根儿就没想讲故事，反倒是读者在利用仅有的线索居心叵测地编排故事——成为戈里夫妇的同谋。

把故事讲出来

省略手法、非现实主义手法、间接叙述、有意扰乱读者视听的编排都能为作品增加刺激性和戏剧感，但这绝不是说采用直接叙述、清晰的结构布局和现实主义手法会削弱作品的感染力。我一直认为直接叙述比间接叙述具有更为强大的感染力，也更容易暴露创作中的问题。如果因为个人喜好而选择更间接的叙述，我对此并无异议。但如果只是因为自信心不足而选择间接叙事，就有必要检讨一下创作动机了，如此完成的作品是很难对读者构成吸引力的。

从技术层面看，写作是一件困难重重的事情，而且焦虑会贯穿创作过程的始终。但作家千万不能让焦虑左右了自己的审美取向。

身为作家，我们都要学会正视审查的存在，即使没有政治因素的阻力，出版商也会强加种种限制，而有些根本无益于文艺创作。此外还有亲朋好友施加的压力——尤其是女作家，她们所要承受的压力更大。同时还有源于内心的自我审查。在私人生活领域，如果大家既不对他人的文学创作施加阻力，也不对自己的创作冲动加以严格审查，其实政府无法迫害作家。就像即便官方明令禁止，种族歧视、性别歧视或恐同等问题依然普遍存在，究其根源，还是因为大家私下里对某类人群怀有恐惧及憎恨。我们应该从中吸取经验教训。如果在特定历史时期，作家会因创作特定题材的小说陷入坐牢或丧命的危险，则应该先确认自己在国际笔会（PEN）、作家工会（Authors Guild）或美国公民自由协会（ACLU，American Civil Liberties Union）这类组织的会员身份依然有效，然后为言论自由抗争；于情于理，作家都应该加入上述组织，既可以在危难之时寻求帮助，又可以在平时为他人提供支持。同时，我们还要避免使用太过隐晦或异常的文体，以免写出来的作品因太过难懂而失去存在的意义。如果采用间接叙述、非现实主义手法、暗示或省略等技巧可以使作品锦上添花，那倒可以顺势而为，但是不要受错误动机的驱使而刻意选择这些手法。不要理会外界及内心的负面声音，让我们拿出配得上作家二字的权威和主宰作品的强大气魄，好好讲故事。

Part 5

Living to Tell the Tale

坚持写下去

修正思维的泡泡

Revising Our Thought Bubbles

不切实际的幻想

前不久我做了疝气手术，术前我说服大夫别用那种会令人短暂失忆的麻药，所以我记住了手术过程中发生的所有事情。大夫和护士在我肚子上忙活时，麻醉师低下身，操着浓重口音友好地跟我说 :“听说你是位作家。”

“是的。”其实这时候我不太想谈这个话题。

“哇噢。”身后的护士说，“你写过什么？”

“天哪！”我心想，然后回答说，“我写小说。”

手术台旁的人都来了兴趣。这时候另一个护士说 :“有没有我们熟知的作品？”

人们普遍认为如果你真是作家，那差不多所有人都得知道你和你写的书——而对那些在巴诺书店里左挑右选或在网上书店浏览书目的人来说，这个想法简直荒唐可笑。人们对作家们和他们的作品根本不怎么了解，仍有许多不是作家的人坚持认为作家是稀有高贵的物种，这种认知里可能还会带点排斥情绪——因为作家能够展现一些生活中本来没有的东西，也不惧怕强烈情感，你永远不知道一个作家会说出什么样的话来。当我们这些人（指作家）写东西的时候，在某种程度上当然会忍不住想象大家排队来读我们的作品，为我们带来金钱和赞誉，甚至连手术室的护士也听说过我们写的书。

同时，出版图书和为书找到适合的读者也变得更难了。即便是不喜欢的出版商，我们也能理解他们花大价钱宣传那些有可能畅销的书。而结果就是很多读者都认为在广告、采访和促销中了解到的书就是全部。所以如果你写了书，他们理所当然应该知道。

很多想成为作家的人都一窝蜂地挤到艺术硕士课程、作家协会、本科的写作专业和一些学习小组，或者只是一个人坐下来默默写。几乎所有人的脑袋（也不是全部）上都飘着泡泡，那种漫画里面用一条线连到脑袋上的泡泡。他们想象着这样的画面：畅销、反响好的书；在主流出版社出版；赚足钱待在家里写更多书。

这意味着几乎所有作家都要一直失望下去了。大部分作家只赚过一点点钱或没有赚过钱，很少人能在出第一本书时就拿到税后仍数目不菲的稿费，然后舒舒服服地接着写其他书——尽管可能再也拿不到这么多钱。他们不会一直都保持年轻和活力，第一本书可能也没有达到编辑的预期。出版商和代理人一定都是志向高远的——毕竟商人都这样——他们抱着大卖特卖的想法出版了很多书，写作班也会因为几个校友的名利双收而大火特火。但其他作家要怎么生存呢？即便书籍出版了，也只有少数作品能够获得意想不到的收入，绝大多数作家的收入只够请个客或实现某个想了很久的计划，比如去饭店吃个饭、周末旅行、修缮屋顶、请几个月无薪长假（也不太可能），这些收入绝没有多到可以辞职不干的程度。作家想要生活下去，都得靠兼职（比如偶尔在大学教写作）、继承遗产，或者依赖工作稳定的伴侣。

沉浸于幻想里的新手们，会很震惊地发现像他们这样的人多得数不清，这使他们变得好胜、难相处，成了嘲笑成功者、怨念重重的独行侠，每次被退稿后就开始找哪里不公平。另外一些觉得自己没那么好的新人则会这样想："像我这样傻乎乎的、因为忘记买洗衣液连续三天穿同一条内裤的人哪会成功？"然后便放弃尝试了。最后一章了，我想在"注定功成名就"和"注定失败放弃"这两种谬见中，提出一条折中之路。

我们要修改思维的泡泡，找到更精确和舒适的方式来描述自己：我们是谁，努力方向是什么，想要什么——这才是我们该肩负的任务，至少跟作家推广好书、保护独立书店这样的工作同样重要。要自己努力才行，没人能帮我们实现幻想。出版社和经纪人想要在作家身上获利；读者喜欢把钦佩的作家物质化，认为他们都是巨大财富的象征；报纸上报道作家出席某活动时，提到的名字自然也得是大家耳熟能详的……这样一来，名作家们就是大众眼中关于作家群体的唯一定义了，大众觉得作家应该永远都是成功的。我那些精明的学生得知我的短篇曾被反复退稿、长篇大部分销量惨淡时，都十分惊讶。

这些固执的幻想会令作家对自己提出无法完成的要求——而且有时甚至意识不到根本没人能完成——然后他们便饱受羞愧和沮丧之扰。在杂志上发表文章的人因为没有出书而痛恨自己，出过书的人因为出版数量太少、出版质量不高或没有极成功的作品而认为自己失败。有些人第一本小说很成功，但第二本不太好，他可能就再也不敢尝试第三本了。另一方面，有些人书出得很好但却靠写作之外的工作谋生，便不确定自己是不是真正的作家。也有些知名作家把那些中年开始写作、不以写作谋生、不常发表或尚未发表过作品的人叫作“业余爱好者”。确实有业余爱好者——他们只为自己或朋友、家人写作，只为追求自我表达的乐趣。把写作当爱好没有错，但不是这本书要探讨的内容。作家不厌其烦地修改作品、积极争取、尝试各种办法吸引陌生人的阅读兴趣，他们努力写，认真对待自己的出版决定，并最终成功在期刊杂志上发表或出书——无论成名与否，他们都是作家，而不是“业余爱好者”

而已。就像在公共场合演奏的人一样，无论以此为生还是偶尔玩票，他们都是音乐家。轻松愉快是业余爱好者才有的心态，因为写作事业不顺而想自杀的人可不是业余爱好者。

我们应该怎么做?

完全放弃成功的幻想也并不理智，毕竟有些人确实名利双收了，怎么就不能是你我呢? 这本书的读者中，将来一定会有人成为万众瞩目的成功作家，并且一直成功下去。希望和幻想没有错，只是没必要一味地要求成果，而一旦没有达成，便感到气愤、羞愧、沮丧。

我们亦不求冷静达观的超脱。有作家不止一次地对我说："我的孩子优秀又健康，我应该不用出小说了吧。"对此我想说:不要放弃成功的欲望，这不是贪婪，也不应让你觉得羞耻，出版是一件好事，不要把它当成精神负担。我们写作就是为了让人读，也应该希望有人读并试着让人读。

所有这些烂想法——每个作家都有名、出版商恨你才不给你出版、你一文不值才不给你出版、希望出版或大卖是品格有缺陷——都说明很多新人作者(和非作者) 对写作有误解，认为写作是比日常生活更罗曼蒂克的童话，是奢华绚烂的结婚典礼而非平淡如水的婚姻生活。告诉别人我是作家的时候常常会让他们"哇哦! "一声，这听上去更适合评价小孩的成就。

我每天都在埋头苦干；出版带来的不止喜悦，也有失望；我的工作和别人的工作并非完全不同——新手可能并不想听到这样的话，但事实就是如此。作家是个职业，而不是浪漫喜剧的最后一幕。

很多作家都不太喜欢自己的另一份工作，但还要借此谋生，所以只能在周末或假期写作，这是可以理解的。痴于写作和坠入情网应当是一样的感受：这种神秘的事物一旦出现（如果确实出现了的话）就有可能改变人生。写作顺利、出版成功确实是件乐事，但如果你又想表达真我、又想出版、同时还想受到喜爱和肯定，就不那么容易了。编辑、出版商和经纪人也都是在做生意，对我们的作品进行评估审核是他们的工作，有时甚至是免费工作。如果经纪人或编辑非常欣赏某作品，可能也会理想主义一把，冒着赔钱的风险出版这些可能不会很畅销的作品。作家所做的也一样，只是一份工作而已，无论全职还是兼职。出版作品不同于小孩给父母弹琴以换取亲吻和奖励——如果这样想那就危险了。

投稿和卖房子挺像的。说实话卖房子很难，和写作一样，也包含一些个人因素。当你的房子被拒绝购买的时候，你会不自觉地认为对方否定的不是建筑面积或房屋格局，而是你在此度过的人生和所做的选择。但如果我们理性一些，就从建筑面积房屋格局的角度思考，被拒的时候就可以将对方那种攻击或者恭维的感性感受最小化。写作也一样，一部作品的开头可能会带有明显的个人特征，但若到了出版的程度，最好将其当成产品看待，不断修改，达到即便被拒稿也能保持冷静的境界——就把被拒归罪给含混不清的开头吧，或者稍有瑕疵的结尾，管他呢。总之，不能因为没人关心我们所写的题材（甚至没人关心自己），就在稿纸堆里崩溃，认为人生完蛋了。

如果你有个家居商店，你不会每次都把潜在顾客领到床边细看商品、再看着他们空手离开。如果你真这么做了，店铺很快就会因为你的焦虑而倒闭。和生意人一样，作家也必须设立对自己有意义的目标，达到了会开心，没达到也会不开心。我们也需要有上班族的心态，想着：“为了做好这项工作我需要大内存电脑”或“助理”或“更大的研究室”。而不要老是觉得:“哦，我应该感恩拥有的一切——这么好的爱人和孩子。”为写作事业努力、已经拥有了自己的作品并一遍又一遍地修改的人应该拥有“出版”这一目标，他们也许不能得偿所愿，或者不拼尽全力就不能实现，但是上班族也并不一定能得到大实验室或助理。完不成目标固然会让人失望，但这与你自我否定式的判断是两码事。

在工作中，人们似乎很容易产生两种希望，或者说两种幻想：一个是我们能为之奋斗和实现的，另一个是不太可能实现但只是想想也挺不错的。作家也需要合理和不合理两种目标，但是要根据合理的那个评判和改变自己。

目标越少涉及金钱，便越容易实现——这是一个不公平的糟糕现实。不要误解，如果你写的东西值得一读，你确实应该赚钱，你也应该竭尽所能地去拿回社会（或者说“一个更加公平的社会”）应该回馈给你的钱。如果把付出宝贵时间和心血写出的作品不小心交给了无良出版商，也不要自认倒霉，你可以加入那些作家维权组织。

但是不要将钱作为评判自己的标准。基于销量预估，小说家和纪实作家的预付金从零（某些小出版商）到好几百万不等。即使你的书由主流机构出版，版税可能也达不到其他作家的百分之一，差距之大往往与作品的真正价值不符。把故事卖给《纽约客》，你能赚几千块，但如果卖给平常的文学杂志，也就几百块，或者一毛钱也没有。在参与出版事务的过程中，我们应当学着淡定，不在情绪上败下阵来，没有获得名利并不一定代表作品不优秀，没有在写作上赚到大钱也并不一定是我们有问题。你可以生气，但不能让怒火毁了你。创作多年的故事只赚来微薄的收入，这虽然会令你悲伤痛苦，但你不能因此而认为自己就值这么多钱。

没办法，没有绝对的公平。但我们可以降低自己的不满程度。作品不是你的孩子，它是工作，只是很不幸，这是一种经常白干或赚得很少、赚钱方式又很奇怪的工作，而且赚很多钱的作家有时也和我们一样困惑。如果你想写作、出版，就需要习惯很多事，比如，你可能需要一直依靠其他手段谋生（也可能是一边写作一边教写作）；你可能也会赚一些钱，但从来都与付出不对等。这个行当就这样。

好吧。如果你能不再纠结这个没什么道理的体系，如果你能不再把一切都归因于自己，就可以选择实际目标并开始为之努力了。写作本身永远那么令人高兴，但是出版会打破这个快乐的童话，也会让写作失去原本的魅力。人们对我说："哦，你已经出了一本书了，一定很兴奋吧！"如果你接受我在这儿给出的建议，就会减少一些兴奋和期待。出一本书确实很让人激动，在书皮上看到自己的名字、在书店里看到自己的书确实很棒，但也很冒险、吓人和累人。这种事情可不像回忆童年那样浪漫，童年记忆中可能有块带丝带的奖牌，但书籍出版完全不是这回事。你会从这份工作中获得满足感，也会感觉困难重重。写作期间的你孤军奋战，进入出版阶段则需要与人合作——可能是你永远都不会喜欢或赞同的人，他们也许才华横溢、乐于助人，也许尖酸刻薄、麻木不仁，总之，你们之间的关系更像是业务往来。书可能卖得好，也可能不好。我会把出版一本书想象成当大学校长——从来没人跟新校长说："哦，你肯定很激动！"即便这确实是莫大的荣誉。我们会说："恭喜！祝你好运，哈哈！"

如果把写作和出版看成是工作，你会少遭点儿罪。你可能会生气失望，但不会受刺激。最坏的结果也无非就像被老板否定，而不是被父母遗弃。戳破幻想的泡泡并不意味着满足于现状，而意味着从更为现实的角度去思考——为什么没有取得成就？假如自己有所改变，那能不能有所成就？以及做出这种改变是否值得。

想清楚究竟想要什么

无论如何看待资本主义经济体系，你可能都已对资本主义价值观持怀疑态度。你不肯相信商业界说的那些“孩子需要多少玩具”或“哪种车能提升做爱的质量”之类的话。资本主义同样为成功作家下了定义，但我们同样不必相信。

我是最不关心流行文化中所谓大事的那种人。在舞会上——如果真应邀参加的话——我本能地会找最不起眼最平凡的人聊天。尽管已经有了作家这个头衔，但我并不想成为明星，我就不是那样的人，或许你也不是，也许我们不习惯受人瞩目。如果除了写作本身，你亦喜欢写作中的思想碰撞，享受合作（而非竞争）所带来的快乐，那么就不要追求那种自己根本无法享受的成功。可以做做白日梦，想想喜欢的东西——为少数乐于接纳自己的读者写作，编辑一些有助于表达的内容，与懂你故事的朋友和陌生人保持邮件往来。

也要想想怎样的写作日程最适合自己，说白了还是在于“你究竟想要什么”。自从我开始认真对待写作，便希望大部分工作日都能够空闲下来以进行创作，所以，很多时候我就需要在其他事情上做出些牺牲。空闲时的写作时光，小狗在我脚边——这种生活就是我想要的，我也确实做到了。如果你想要的和我一样，或许也能过上与之相似的生活；而如果你只是想，但却做不到，那就有些遗憾了。

但这或许不是你想要的。全职写作的愿望虽然听起来像是神仙般的日子，但你真的想要吗？我有位邻居是个画家，他的妻子是一位教师。他们决定节俭一些，这样他就能整天待在家里画画。但当一份教书的工作找来时，他毫不犹豫地同意了。他说："邮差肯定好奇我是做什么的。"如果你待在家从事某种艺术工作，几乎赚不到钱，而且看起来像在混日子，你介意吗？大多数人需要与外界接触，需要职业联系，或需要常常去某个地方。我也一样，我离不开教学事业，而且二十四年来一直坚持每星期到救济站工作一次。在那些地方，人们会朝我点头致意——我属于那里，我似乎也很需要那些"点头致意"。作家需要感知到自己的重要性。在家里穿着脏牛仔裤（或者睡衣）很自由，但也是不重视自我的一种表现，这对写作没什么好处。

即使不觉得缺钱，有时候我们也需要一个工作，并且好好干——至少在一段时间内需要，不能一直闲着——这是人的正常心理。至少对我和我认识的大多人来说，单凭写作事业的成功获得自尊是一件很难的事情。写作事业中的起伏常搞得人紧张兮兮：书出版了或者被退稿了；书评家喜欢或不喜欢你的书；得到或者没得到某个奖项——一个你刚刚听说的新奖项，但还是与之擦身而过，你感觉自己非常失败。这样的事还有很多。不知道你怎么看这件事，但我需要竞争不太激烈的工作中那种平淡的喜怒哀乐——对我来说就是教书——来平衡写作事业中过于强烈的起落。

我认识一些人，他们有其他工作，但梦想成为全职作家。不过矛盾的是，他们又憎恨全职写作的自己，因为他们无法合理安排太过自由的时间。不工作的时候，他们既不运动也不好好吃饭，还浪费时间做些无意义的事情，但就是写不出什么东西。其实有时候，时间紧迫时反而更容易写出东西。

如果你是那种只能在写作上成功、也有时间和能力全职写作的人，那么没问题，继续做下去吧。但若不是，请不要再跟人说不能“辞职后专门写作”令自己多么伤心。如果能从有限的空闲中获益，说不定你已经有机会成功了。我认识一个编织师，她在办公室工作多年，现在还在那儿干。一开始她便和公司达成协议，偶尔休一周无薪假去搞编织。如果她把公司的工作当成头等大事来做肯定会取得更大成绩，但她并不后悔，因为现在她已成为非常出色和成功的编织师了。或许你也可以调整自己的时间，好好利用假期，或者找找其他有益的办法。如果你拥有了值得专注于此的目标，那就找一个对你来说最有利的方法，然后努力去做。

哪些事不该做？

当我们确定出版目标并开始努力时，首先得下定决心不成为灰姑娘的恶姐姐（或者哥哥），即不要刻薄待人，也别小瞧那些暂时不如自己的人；别吹牛，也别为一丁点儿成功就把其他作家当成对手。做到慷慨而不贪婪，尽量帮助刚起步的年轻人。

但同时——可能本书读者更容易掉进这个陷阱——也不要变成“灰姑娘”。这个童话之所以成功，很大一部分原因在于王子将灰姑娘带到了爱与奢华的世界，而对我们来说，这个世界就是辉煌的文学事业。（我觉得可以把王子比作主编，神仙教母比作经纪人。）但这个之前一直卑微、脏兮兮的姑娘也有自己的问题。尽管不喜欢刷壁炉，不愿做恶姐姐的女仆，但她也没有自己的梦想、安排，或者说没有尊严，故事要求灰姑娘得是个悲催的角色。所以，我不知道这个之前满身炭黑的“女仆”要如何应付大城堡里的生活，如何管理佣仆、设宴待客。作家们也一样，如果你坚持做灰姑娘，即便等到了经纪人和主编的解救，也还是应付不了后来的大场面。例如，当你不喜欢出版商建议的护封设计时，除了谦逊地应允也别无他法。

我看过太多新手（也有不那么新的）都做了灰姑娘，非常谦卑的灰姑娘。出版不简单，也没法绝对公平，但也不要将其变得更加困难。当写作工坊或某个能力卓越的老师告诉你稿子需要修改，那你就修改，作品会有长处，也必然会有缺点，批评并不一定意味着作品毫无价值。如果有经验的人认为作品能发表，那就寄出去，不要觉得“她只是客气一下。”

杂志社拒稿时如果说“请再试试”，那就再试一试。如果再一次被拒，心里肯定不好受，但也不必绝望和自我怀疑。

修改过程中，也不要对自己太苛刻。可以多改几次，改完给朋友看看，然后再改，改得差不多就投出去。有的故事我改过三十几稿，诗人有时要改上百稿。但不要觉得自己写不出什么东西就一直改。

我认识一些人到中年、功成名就的作家，几十年来他们一直将自己看作学徒。但我觉得，最好不要一直上写作学校。学校可能有些好处，但不需要一个接一个地换班、换老师。如果写的东西真能发表，那就走出课堂，去外面的世界试一试。投稿固然很难，但花上十年时间修改也并不是一件容易的事情。

你的作品足以出版了吗?

我回答不了这个问题，但可以在决策过程中给你些建议。与写作中的其他方面一样，决定是否投稿、在哪投稿时，既不要掺杂个人情绪，也别忘了常识。就像放风筝要拽住线一样，我们需要常识来排除负面情绪，同时也不能为规则所累而误了大局。

如果你的确是在认真为读者写作，那么你总有准备好的那一刻。我这些年一直读诗写诗，但从没投过稿。大儿子一岁时我雇了个保姆，一周照看他四个小时，这样我就可以去地下室写诗，那里成了我的专属写作天地。我在那时创作的几首诗中前所未有地释放情感，并决定几个月后把这些诗投出去。我不记得原因，但当时觉得一定要尽情赌一次，是拿房贷当赌注的那种程度。有人说写作也会“轻微上瘾”，我确实有这种感觉，为了写作，我甚至可以拿房贷这种重要的东西来冒一次险。而写诗更是冒险，所以我应该尽量争取回报。也可能我想拿这笔稿酬付给保姆。后来我也确实发表了一首，赚了三十五美元，这是我头一次因为写作赚钱。在被无数次拒稿的三年之后，我又卖掉一首诗，赚了七十五美元。这之后就容易些了。

所以如果你想出版，那首先问问自己是不是可以赌上房贷？也就是说，这些杂乱无章的故事对你来说是不是令人尴尬、浪费感情的？写作时你有没有担惊受怕？

下一个问题：赌上房贷后，你能不能在需要修改的地方坦诚面对自己？修改后的作品有没有让读者更喜欢（而不只是为了释放自我）？修改是个大工程，需要付出更多的心力。

修改，但不绝望

真正的作家与自认为是作家的人之间最大的差别就在于，前者认为作品是需要修改的。对于我自己和大多数我认识的作家来说，第一稿激动人心、充满悬念，同时也让人叫苦不迭。尽管我们越发老练，但初稿中还是会有令人疑惑之处需要修改。而作品越修改，便会越有趣。第一稿改完后，有些内容会被删掉，但这也许是一种解脱。有东西改总比什么都没有要好。我希望你也愿意修改。

但要如何改呢？想要有效修改，必须尽可能从陌生人角度去看作品。首先，要自信地（可能是装出来的）认定作品里某些地方就是没问题——毕竟，作品一定是兼具优点和缺点的，读者都会看到。如果你已经认真读到这里，那你的作品也一定是这样的。其次，你还需要一些随意。陌生读者很难读出字里行间的价值和尊严，所以站在读者角度，你也不能读出来。如果确实不够好，也没关系，你会改好的。

如果要像陌生人一样客观看待作品，可以试着把自己想象成其他人，把作品放在一边，搁上一天或者三年。在某种程度上说，时间越长越好。然后，将作品带到一个你从不在此写作的地方，穿上平时不穿的衣服，让人认不出来。可能的话，还可以戴个帽子或头巾。如果你平时不这样装扮，则更要如此。接下来开始慢慢读，找出陈词滥调、没逻辑或令人尴尬的句子，找出你熟悉但读者不了解的小镇布局，或者家庭关系中令人迷惑的地方，也找出拖沓、过于情绪化或夸张的部分，然后进行删改。另外，要尤其注意那些在情节推动和故事完整性上起重要作用的部分。

阅读时还要保持新鲜感，就像第一次读。有哪些部分让你感到不耐烦、无聊或有所抵触？有哪些时间或观点转换是读者（现在的你）想要多停留一下的地方？以及这些转换是否突兀，是否有必要？作为读者，你是否感受到了神秘、好奇、恐惧和乐趣？有时最精彩的悬念是知道接下来的情节但却必须等待，有时透露了悬念就会毁掉阅读的乐趣，这部作品是哪一种情形？如果你很清楚在喜欢的作品中是哪些部分吸引了自己，那也可以在自己的书里找一找类似的元素。

读自己的作品时，要注意段落和章节的划分。合理地划分段落，巧妙地划分章节，会让阅读过程更方便和流畅，也会给予读者更大的吸引力。即便中途去洗个澡、吃个零食或者干脆放下书第二天再看，读者也还是会再回来，因为他们想知道下一段、下一章发生了什么。

阅读时你也许会突然发现自己的作品毫无价值——我向你保证，这种感觉是错的。这种情况有可能会出现，但并非事实。如果真的一文不值，你又怎会投入如此多的时间和精力？先把作品放在一边，冷静几个小时，再试试。也许下一次阅读时，你会更清楚作品需要怎样的修改，有哪些部分没什么问题，有哪些误导性的句子毁了之后的十页，以及这些句子能删掉吗？还是删掉后十页？如果还是搞不清楚，让朋友——真正懂得初稿是什么的人——带着这些问题再去读读看。

现在你已经（或在朋友的帮助下）分辨出了哪些有用哪

些没用，接下来的修改就有了目标（不仅是改错字）。在电脑上将作品重新打一遍很有帮助——我们这些头发花白的作家当年就是用打字机一个字一个字地敲。大脑会放行的烂句子，手指却能拦截下来，在空白屏幕上重新输入时，常会有新想法从手指滑到文档界面，毫无征兆。重新敲一遍的过程里，你潜意识里的理性功能也会被自然而然地调动，从而进行合理的修改。当你遇到本不打算修改的段落时，先别急着复制粘贴，因为重新输入时，你可能就会突然发现需要修改的地方。如果前面的故事中，女儿借了一辆车，然后出了车祸，修改的时候，你想让她因为车祸变得有些不可理喻，那一百多页后，父亲再次提起那天的事可能就会用完全不同的形容词和语气。如果修改时你决定让女儿受伤——而不仅仅是吓了一跳——那么无论是警察还是事故中的另一个司机，所有人都会以不同的视角和方式提起这件事。重新输入时，这些微妙的细节你就会留意到并重新呈现。相对来说，重新输入是一个轻松的过程，总比时刻都绷着一根弦要好。

将文稿打印出来朗读也有好处。不要只盯着屏幕看，试着大声读出来。

如果你打算调整故事结构，也可以试试重新编排，不要认为最开始的结构就是最好的。关于这一点，我认为在纸上修改比用电脑剪切粘贴更清楚明了。电脑通常让工作更简单，但坐下来准备好剪刀和胶带（或胶水）、把故事各部分铺到厨房桌子上是一种别样乐趣，并且比电脑操作更便于理解。但你要静下心来，这样才能涌现好的点子。别一切都依赖电脑技术，你要知道，整理花园或打扫房间时会经常有好点子冒出来。离开电脑做点体力活儿吧，让你的思想得到释放。

在给别人看自己的作品之前，我都会改好几稿。你不一定非得这样，但可以考虑一下。我的一个学生的文章写得很好，但有时略显刻意、不自然。最近看了她的一个短篇，比以前好了很多——奔放自如，惊喜连连——我这样评价之后，她对我说，之前写作时她都会和丈夫讨论情节，丈夫是位科学家，也很乐意帮忙。听起来似乎不错，但丈夫的帮助却对她造成了一些束缚，使她过于刻意和礼貌。而这一次，她“鲁莽”起来，没有跟任何人分享这部新作品。也许因为不是作家，所以丈夫认为循规蹈矩好一些，他不知道妻子其实更需要那些乱糟糟草稿。实际上，跳过丈夫的建议她会越写越好。

寻找读者

打算出书时还有另一个问题：你找到愿意读你的作品并会在此基础上思考的人了吗？无论是在教室里还是私下，他们都可以告诉你有哪些问题、如何修改。找到这样优秀的读者很难。我从没上过写作学校，但有很多作家朋友。即便如此，我也是在尝试了很多朋友和社团后才找到了这样的读者——

一位大学时的朋友，孩子朋友的家长，一位写诗时认识的诗人，一位文字感觉不错的音乐人。如果你上写作学校（这是结识大批作家的好办法），一定能找到朋友和写作搭档。但不要参加允诺出版的项目，这件事没人能保证。找那些注重阅读的学习项目（包括非现代文学），多向过去的杰出作家学习大有裨益。还要留意在校学习时间的长短，参加在校学习时间长的项目可能需要搬家，但学习的同时可能也会有不少教课的机会。如果由于工作、孩子或其他原因无法搬家，那么在校学习时间短的项目就更理想一些，一年中可能只需要在学校待几个星期，其他时间和老师保持联系即可，而且上课时间比较集中，安排假期也很容易。无论哪种形式，你都可以找到负责任的老师和新朋友。

一旦开始在校学习，就别像灰姑娘那样好像随时准备受侮似的顺从地接受批评。是要欢迎批评，但要提前想好你要在批评中学到什么。有人帮助改进作品其实是件很让人激动的事情。

如果你不上写作学校，那花点精力寻找读者亦有价值。研究一下亲戚朋友，或者参加一个非正式写作小组。找其他作家也不错，和作家交换作品可比让非作家的人读又无法给出回应省心多了。但不是所有写作小组都会对你有益。很早之前我加入过一个小组，但除了我每次都炫耀般带着新作品过去，几乎没有人写东西，后来我越发觉得难为情，便退出了。

在这之后的十三年间，我和简·肯扬、乔伊斯·佩泽洛夫两位诗人办了一个写作工坊，直到简四十七岁时死于白血病，工坊才停止。我们每年都会在其中一个人家里见面三到四次，虽然离得很远——简在新罕布什尔，乔伊斯在马萨诸塞，我在康涅狄格——但我们会花上整整一天半的时间讨论我们的诗歌以及后来的小说。我们什么都聊：想象的自由，措辞、结构上的细微问题，信心不足……是工坊让我获得了成为作家的勇气。

将作品拿给不是作家的人看，并从中学习也不是不可能的事。不过要极为慎重。我听过很多新手在把作品给家人或朋友看完后感到丢脸绝望的故事，而且男性在这方面似乎比女性更脆弱、更不谨慎，跟我说因亲戚的话放弃写作的人都是男作者。我觉得男性在创作初期应慎重把小说手稿给父亲看。当然，这也像其他规则一样，在适当情况下可以有例外。

如果你的父母、兄弟姐妹、表亲堂亲、爱人、朋友或情人特别喜欢你的作品，那我觉得这根本不是问题。赞扬就像财富，越多越好。这么多年来，我每次问丈夫意见——通常在深夜——他都坚持认为我的作品有朝一日定会出版，我忠诚的表妹安妮也固执地确信我会成功。表弟夸你的小说精彩时，你别急着将作品发给经纪人，你要先拥抱和亲吻表弟，因为他可能发现了什么闪光点。

珍惜读者对你过度的赞誉，但也要找其他可以批评你的读者——这可能更难。批评的程度应该能让你想去接着工作，但如果已经到了让你放弃的地步，就不要再去问他了，不管他是谁。如果他问："什么时候可以看到你的新故事？"你要是不敢说"永远不！"或"我决定干点儿别的了"，那就告诉他："嗯……我确实不知道。"然后瞥一眼手机像是在查看日历，再慢慢地摇头，表现出一种无法预测的困惑。

要保护自己，在向读者展示作品时尽量提前给出指令，书面形式亦可。例如，"要是感到迷惑请在页边空白处标注；如果读到了你早就猜到的东西请标注；如果猜到了结尾请标注；如果你笑了请标注……"而不要直接问"你讨厌它吗？你是不是不喜欢？"明确具体的批评不会像直接拒稿那样伤人。如果读者给完具体反馈后还有话想说，而且没什么好气儿，你就要小心地寻找原因了——但请务必保持具体、客观——"让你感到困扰了。是不是有不合情理的地方？还是不喜欢主角？"如果真的是因为讨厌主角，那就不成什么问题了。通常读者放松时才是真正坦诚的时候——不喜欢主角做的一切——是啊，我也不喜欢，所以才写。这些批评揭示的更大程度上是读者的问题，而不是作品。有些读者的期待过于理想化，而我对此并不感兴趣。另一方面，也可能是我让作品中的角色缺点太过，还没有安排足够多的美好瞬间让他们变得可爱。

批评你作品的朋友可能会犹豫、道歉，然后告诉你这不是什么可怕的事。实际上，他就是在暗示你应该重写：故事情节不太合理，语气应该更缓和些，结尾太容易被猜到，主题太过模糊，或委婉得让别人不知道写的是什么。别担心，一切都能改好。但有时读者会因为作品问题实在太多而不知如何开口，犹豫再三后只提出一个小问题——你安排人物坐第五大道的公交车去纽约郊区，但第五大道是单行线，只能开往市中心！所以，你要掌控自己的读者（不管他是否也是作家），要引导谈话的走向，才能找出作品问题的真正所在。

最好的评论家往往是互换作品的作家，一是因为作为作家，他们更了解如何修改；二是他们非常清楚自己的作品也即将被评价。无论生活中出现什么样问题，他们都不会将情绪发泄在你那可怜的故事上，因为他们的作品也在你的手上。不过，作家做评论家也有一样不好——过早地提出解决方法。而有些解决方法你可以从一般读者的困扰中有所领悟，挖空心思从他们的诉说中理解问题的所在，并自行解决。虽然一般读者所说的问题可能并不存在。

先学会倾听和分析批评，再加以利用或弃之不用。读者说“拿掉哥哥”，他的意思可能是虽然你提到了哥哥，但故事没给足情节来证明哥哥的存在。读者说“我觉得哥哥的故事应该再多点”，他的意思则是你若要想保留哥哥，就再多给他点事做。做出取舍时不要每一条评论都在意，而应根据观察和判断听取那些令人眼前一亮的建议。尽量在保持清醒且有幽默感的时候解决问题。

我一次次地修改，但还是经常不够充分，很难决定在哪里结尾，我和朋友都认为已经不错的故事还是总被退稿。后来我弄清楚了问题出在哪里，或者否决了故事的主编给了我一些暗示，然后我又修改了一次，又一次……没错，小说这种复杂的文体需要更多的修改。我遇到过很多由于需要修改作品而沮丧的作者，他们饱受伤害、极度失望，或者坦言卑微、羞愧，好像只有他们做不好这些事而别人都能轻易完成。写作不像系鞋带那样一下就能学会，舞蹈家和音乐家在进入职业生涯之后都还需要接受老师的指导，他们渴望、也愿意学习。作家也是一样，他们永远无法完全了解自己作品中的缺点，或许这就是编辑存在的原因，而且很多经纪人原来也是优秀的作家。作家需要编辑，如果你没有（或尚还没有）得到过专业编辑和经纪人的帮助，那是时候尝试一下了。不过，即便你有了编辑和经纪人的帮助，朋友的审阅也还是无法替代。你永远需要朋友。

作品需要修改并不是坏消息，这是写作的本质。多次修改并不代表完成了任务，屡战屡败也不意味着毫无希望。写作这门艺术并不简单，有的人写了三四本小说都没出版，手头的作品已经改到第三稿，但可能还是得从头再来，即便如此也并不表示这个作家没有希望，或作品没有希望。或许，她可能马上就学会了如何写小说——通常是在她要放弃的那一刻。

“我想把它扔到窗外。”写作工坊的一位女士最近谈到她的小说时这样讲。我们都觉得她小说的中心思想很棒，但其他部分略有欠缺。从她的其他作品来看，她确实是特别优秀的作家，而且这些作品已经花了她不少时间。如果真要放弃的话，我也不会因此责备她。重新修改一部长篇小说可能确实不值得，所以尽管痛苦，选择放弃也无可厚非。就像决定放弃购买一栋潜力巨大但破旧的房子，或不再陪伴一位优缺点同样明显的朋友。有时候，放弃是理智的选择，从长远来看甚至是一种解脱。

但我还是要再说一遍：无论长篇还是短篇，在多次修改后还需要再修改并不能说明什么问题，并且你的修改绝对不会毫无用处。

通过阅读学写作

作品发表的另一个衡量标准是你的阅读量是否达标，你是否已将这类作品的创作要素内化于心。如果要写短篇小说，你有没有读过前文提及的契诃夫、屠格涅夫、亨利·詹姆斯、詹姆斯·乔伊斯、凯瑟琳·曼斯菲尔德的经典短篇小说集？至少应该读过其中几位的作品吧？如果要写长篇小说、诗歌、个人随笔和回忆录，也要做相关阅读。当然，读书并非以数量取胜，而在于阅读时是否同时兼具好奇心、能动性和求知欲，并找到自己与那些伟大作家之间的差距。

很少有人能创造出新的文学样式。所以，既往的阅读决定了我们的初步创作方向。长篇小说读多了自然会明白其中奥妙，诗歌亦是如此。但有时写短篇的作家却只盯着长篇小说阅读，这样怎么能找到短篇创作的关键呢？我这么说并不是建议大家以写作技巧为目的而有意识地挑选阅读的作品，只是，只有积累一定的短篇小说阅读量，你才能在审视自己的作品时意识到：“不，这还差得远呢。短篇小说不是这样写的。”

出版方会要求作家只读畅销书，借此写出符合畅销要求的作品。对此我们并不认同。如果你正在创作一部优秀的小众作品，那就一定要找一些小众的经典作品来读——甚至小众到只有你自己认为好。

我们需要持之以恒地阅读，也不能只读喜欢的书。只有广泛深入地阅读，才能体会到经典作品之经典所在。相较于用力过猛的情节设置和陈词滥调的冗长无聊，经典作品中复杂的逻辑或古体文法反而更加平易近人。广泛阅读——男作家读女作家的作品，女作家读男作家的作品；读本族裔作家的作品，也读其他族裔作家的作品。尽管黑人作家的作品在二十世纪美国畅销书中占了极大份额，但许多白人读者还是只会在黑人历史月[1]或其他特定缘由下才会去阅读他们的作品。我们应该多读诗歌，读一些舒适区之外的作品，不要将阅读

[1] 编者：在美国，每年的 2 月为黑人历史月，以示对美国黑人历史的尊重，赞颂黑人为美国文化和政治生活做出的贡献。

范围局限于有助于文学创作生涯的经典作品、最热门的畅销书或近三十年的书，也读一读《格列佛游记》《伊利亚特》以及华莱士 · 史蒂文斯的诗歌，读一读小型出版社发行的作品和文学杂志。当然，也要读读那些让你如沐春风的作品。

不要为了写作技巧而阅读——写作技巧是无意识积累的结果。阅读是为了改变人生，为了培养和完善艺术创作的准确性和完整性，这样一来，在修改作品时你才能聆听到内心深处的声音："不，这里还可以更好"或"这样刚好"或"这里要慢下来——这里加速！"

在哪里投稿？

如果你一直阅读文学杂志，不妨从中订阅几份；抑或有人要送你礼物，不妨让他/她订阅一份你喜欢的杂志，纸质版、电子版都可以。如果你想向某家杂志投稿，至少应该读一读这本杂志刊载的作品，这样一来，你会对其品味有所了解，投入创作时才有方向。如果写微小说，大可以一稿多投。但如果是内敛的、老式的长篇就不能这样做，目标尽可能高远，但也别脱离现实。相较于文学季刊，《纽约客》每年刊载的短篇小说数量更多，且一贯善于发掘新人。你可以从《纽约客》上找出十个短篇仔细研读，以判断你的创作是否合其口味——而不要先入为主地自我否定。其他文学季刊和电子刊物也可以如法炮制。还可以仔细研究某种刊物的网站，以加深了解，包括投稿须知——每家杂志的要求都不尽相同。有些杂志只接收在线投稿，有的则偏好纸质版；有些杂志接受一稿多投，有的则严令禁止。凡此种种。

考虑到竞争的激烈，出书时除了考虑主流出版社，还可以考虑一些小型出版社以及大学出版社。对于严肃作品而言，小型出版社以及大学出版社反而是最佳选择。那里的编辑理解严肃作品的意义并为之着迷，有意愿出版这类作品，并且更了解目标读者群。几乎所有诗歌、短篇小说集、个人随笔、回忆录、非虚构类作品以及长篇小说都适用这个标准。我听一位回忆录作者讲述过她在作家协会与写作课程图书展上寻找出版商的经历。她在过道一边走一边扫视各出版商展销的图书，发现一家大学出版社似乎对她写的回忆录那类主题尤为感兴趣，就与该展台的工作人员攀谈起来（展台后面的工作人员很欢迎书展参与者过来交谈），并最终达成出版合作。当然，并非所有作品都能明确归类。但如果你的回忆录、长篇小说、随笔集或短篇小说集能够明确归类——比如有关宗教、同性恋、种族、旅行、心理健康、农业、食品或户外生活的作品——那就找到对相关主题感兴趣的出版商谋求合作机会。如果你的作品是一个系列，那么在小型出版社或大学出版社寻求出版机会也是不错的选择。

对于长篇或短篇小说作家而言，如果你在作家协会图书展或出售主流及小众图书的独立书店里找书，可以挑选几本与你的作品相似的图书买回来仔细研读。如果某家出版社发行的图书多是年轻摇滚乐手、反乌托邦或吸血鬼的主题，你可能不会把描写六十岁老妇人改变宗教信仰的作品投到这里。阅读时还要留意情节和悬念。如果主流出版社的编辑或经纪人认为你的长篇小说还不错，只是无法让他们“一见倾心”，那问题往往在于你的情节设置还不够扣人心弦。但小型出版社对此可能就没那么在意（即便在意，你也可以在投稿前把故事改得更吸引人一点）。

此外，但凡长篇小说的情节还有一些动人之处，你都应该尝试委托有能力的经纪人帮你接洽与主流出版社合作的机会。在此之前，你要做好如下准备：同时联系多个经纪人；多次修改书稿；对出版的困难有足够认识。但无论如何，一定要努力争取。通过朋友或网站找到那些代理相似作品的经纪人，并恰当得体地取得联系。此外，也可以从经纪人个人网站入手，先进行咨询，再把作品小样发到他们的电子邮箱，按部就班地争取。

如何投稿？

如果写的不是长篇小说或很长的回忆录，就等到可以同时投几篇稿的时候再试，这样就不用心急地想着“必须成功”。

先积累一些，不要急着马上投。有些人把同一个故事复制几十份发给不同的杂志，就像比萨公司寻找顾客一样在每一个门把手上塞传单。过去，杂志社通常不允许一稿多投，要是给编辑写信说“我得撤回那个短篇小说，因为有别家出版社已经采纳出版了”是有违礼数的。如今，大部分杂志社已经不介意作家一稿多投了，但是如果所有人都还是坚持一稿多投，审稿编辑肯定会分身乏术。我经常听闻作家抱怨某家杂志社的编辑用了一年多时间才对自己投递的短篇小说给出回馈，而与此同时，他将这部短篇同时投给了二十多家杂志社。这样又有什么意义呢？我并不反对一稿多投，但如果你尊重自己的作品并尊重审稿编辑，应该有的放矢，而不是铺天盖地盲目投稿。可以尝试同时向几家杂志社投稿，但如果是十几家，那你无疑是在增加出版系统的工作负荷。

反之则更不可取：只将作品提交给一家杂志社，每天查看邮箱，一年后收到退稿邮件，然后再次提交。如果你已打定主意成为职业作家——即专职从事写作或邀约写作——就要尽量遵循出版行业的运行机制。比如，关于套筒扳手的文章应该投稿至《五金元件季刊》。你可以这样做：列一个心仪的杂志社清单；花点时间处理相关文书工作（在诗歌创作阶段，我手头积累了大量作品，每隔一周的周五我都会抽时间整理一下）；坚持同时创作多个稿件；使用软件或制定清单把各个事项清晰地记录下来。

再次强调，如果向经纪人投稿，不要一早上就咨询三十多个经纪人。我的经纪人正在向邮局申请，开始优先接收纸质稿件了——她的电子邮箱快被淹没了。要有所选择地联系某位经纪人，给予他/她足够的尊重。相比之下，经纪人对作家的需求更为迫切，如果你确实是合适人选，他们总有办法找到你。尊重经纪人的选择，并坚持不懈地尝试。请谨记，每个经纪人只代理某种特定类型的作品，并只与相应的出版社编辑有联系。如果有经纪人说“您的作品很有价值，但并不适合我”可能意味着“我不代理此类作品”，这两句话并无实质不同。有时，如果你写信咨询“您能推荐一位合适的经纪人给我吗？”可能也会得偿所愿。

如果四十多个经纪人一致认为你的作品很有价值，但却无意出版，那么就是作品本身的问题了。十有八九是文笔还不错，但情节不够吸引人。

这一切都需要下苦功夫，虽然很难，但绝非难以企及。杂志社和出版社都有作品需求，只要坚持并努力，再加上些运气，你的出版机会可能就近在咫尺了。转机往往出现在你觉得绝望的时刻，所以别太执着于结果。列出心仪的出版方吧，作品完成了就提交给他们，长此以往，总会得到回应的。我刚开始创作小说时，一般会给一家杂志社同时寄去两部短篇小说，但每次得以发表的都是我并不看好的那篇，无一例外。

只要勇敢坚定，迟早会成功的。出版很难，而且结果可能也并不尽如人意，但我认识的每一位作家——即使在我看来他们的作品已经很完美——在经过了无数次的修改和拒绝后仍坚持投稿，并最终得到编辑的认可，得到了出版机会。

还不行怎么办?

如果你已经试了一次又一次，尝试了这本书以及其他六本书介绍的所有方法，并把所有作品投寄给多家出版机构，但都石沉大海，那该怎么办呢?

在我看来那些未能得到发表的作品并非一塌糊涂，只是还需修改，即便已经修改了多次，但仍没有修改到位。如果你已经多次尝试，并极尽所能地争取出版机会——不管你是否接受过专业的写作教育——都要勇于承认，你的作品肯定在哪里出了大问题。

如果对你来说，出版机构的拒绝比写作过程的情感煎熬更具杀伤力，或者整齐有序一次性呈现作品比放任规则随心创作之后再进行修改更为重要，那么你可能还没有掌握写作的要义。苦苦寻求出版机会的作家有时会问我，他们那些无法出版的作品到底差在哪里。我逐渐意识到他们修改时都将着眼点落在理性而细微之处，但真正需要修改的是感性而宏大的因素。比如，有时作家动笔之前就已设想好故事主题，写作时便会受限于此，一切表述都是为了服务于人物的特征和作品的主题。此类作家无法从作品中完全抽离开来，亦无法在感性层面将作品看成一个故事而非呈现主题的工具。我无法武断地对此类作家提建议，但有一点是比较中肯的——最好能通过具体的行动来体现人物情感。作家应该先卸下心防，正视文学创作，从头开始、重新来过，并要始终具有读者意识。

在出版上花费了大量时间精力但一无所得，却又不想重写那些该死的东西，你不妨写点别的，写点儿不太需要感情投入的作品，比如随笔、书评或旅行及社会风尚之类自己感兴趣的文章。如果了解了其他类型作品的写作模式，你也可能借此学会如何按照读者的需求来创作，或许还能多赚点钱。但不论如何，请自尊自重，千万别自怨自艾。也许你的小说或回忆录确有可改进之处，只是你暂时不知道问题出在哪里。看开一点，不要将其当作扼杀生活乐趣的连环杀手，暂且放到一边，先做点其他事情打发时间。

自助出版

就像音乐需要听众、戏剧需要观众，文字作品需要呈现在读者面前才有意义。但对大多数人来说，除了求助于出版社，出版这件事似乎别无他途。其他方面的意见都可以忽略不计，但我们大概都需要得到心仪的出版方或网站的认可。我从未试过个人出版，对此没有什么发言权，如果你有条件的话可以试试，或者你已经下定决心并付诸实践了。

不过一旦决定自助出版，你就得自己跑销售，对我来说，这是自助出版的最大难题。你依然需要读者，需要来自陌生人的认可和喜爱，但却没有机构帮你推广，也没有出版社那验明正身似的保证：“除了作者，还有其他人喜欢这本书。”如果你能不屈不挠、欢欣雀跃地自我营销，那么祝你好运。

多年前，我为自己的诗作举行过一次个人朗读推介会，没有委托任何主办方。有人给我提供了场地，而后我逐渐意识到还要广发邀请、迎接宾客、提供餐点、自我介绍，然后（至此可以喘口气了）才能朗诵我的诗歌。朗读会办得不错，但在那之后我对自己说：“绝不再搞这些事情了。”我需要别人来分担出版发行的工作，尽管我深知有些推广工作自己义不容辞——作品的出版源自作者与编辑、助理编辑以及出版社其他工作人员共同的合作。作为作家，我们必须对自助出版有明确认识，也许你善于此道，可大多数人仍需求助出版商。不过，读者和作家还是要放弃成见，并非只有主流出版社发行的作品才是质量上乘、名副其实的作品。

出版联名合集或合作出版也值得考虑。你可以和其他认识的作家出版一个合集，先集中精力和财力出版一部作品，再将收益用来出版下一部作品；或者尝试跟艺术协会争取资助金。我的诗集（也是我第一部得以出版的作品）就是由一家名为艾丽丝 · 詹姆斯的合作出版机构发行的，这家机构在此后的四十年间不断发展壮大，只是不再那么需要作家参与众筹合作了，作家们只能继续挨家出版社寻找机会。当年依靠众筹出了书的诗人即便不用自掏腰包，但也确实投入了大量创作时间，却没有得到稿酬，但那家机构送了许多书给我们。而且那时的我也不是在孤军奋战，很多人提出了好的建议，帮我填写订单，并教我如何进行分销和推广。我从图书出版行业学到了很多，也结交了朋友，见证了作品出版发行的整个过程。这种经历为我带来了巨大的满足感。

兼职作家

我们都听说过有作家全职写作，并以此为生，这都是真事儿。数十年前，愿意发表虚构类作品的杂志数量甚多，且报酬不菲，那时生活成本也低，长篇或短篇小说家可能还会写些新闻报道。也许生活有些拮据，但勉强可以糊口。但“饥饿的艺术家”这种说法以及《波西米亚人》这类小说都表明了搞创作的人历来困顿贫穷，鲜有例外。诗人唐纳德·霍尔[1]曾描写自己通过写杂志稿件、教科书以及儿童读物来补贴匮乏的诗歌收入以维持生活的经历：“七十岁时放弃了稳定的教师职业，成功依靠专职写作养家糊口。”如今，这种做法大概

[1] 编者：唐纳德·霍尔（Donald Hall，1928— ），美国桂冠诗人。

行不通了，如果作品没有持续地取得商业成功，以写作谋生不过是一个传说。

除了个别极具财力的作家，大多数作家无法只靠写作来谋生，不做点什么别的工作恐怕难以为继。有人认为，只有一部接一部创作，作品类型又有商业价值的人才称得上作家，而在大学教书的小说创作者不算作家。也有些人觉得写小说的大学教师算作家，小学五年级教师就不是作家；从事写作的护士或程序员称得上作家，而从事写作的餐厅服务员或出租车司机就不算作家。这种论断是站不住脚的。其实白天的体力工作更有助于思考，只不过会让你不太敢去表达自己作为作家的权威性，以至于付诸笔端时会有点露怯。如果你是一位教师，那权威性对你来说可能容易些，毕竟你常常对学生说:“可以这么做，但不能那么做。”如果你已为人父母，全职在家带孩子，而伴侣负责赚钱养家，你所要做的只是挤出一点时间来写作，这种情形已经是万幸了。

兼职作家面临的真正问题在于如何找到时间和情感能量进行创作，而不必在意别人对自己的定位。一位邮箱联系人最近写信给我，她对于“每次挤出二十分钟写作有可能吗？”这件事困惑无比，我会说“不可能”，至少我不能——除非在这二十分钟内全情投入、争分夺秒，其他事情都顾不上地进行创作。

在我看来，她若想坚持写作，就需要拿出我雇保姆看孩子的那股劲头，把写作当个正经事对待：每周两次，每次两小时。很多作者都能做到，只要好好利用时间就行。别在不必要的事情上浪费时间，但亲子时光最好不要占用，要多照顾家人的感受。制定好写作时间，对于会干扰这段时间的人要学会拒绝。自我一点，善用周围好心的人给予的帮助。

这样看来，写作需求其实与轻度残障差不多。如果你不能理解这一点，就无法平衡生活和写作了。假如你患上小毛病，大夫说“每周两次，每次小憩两小时，按此执行你就能康复”，你总能挤出时间来的。你也可以把写作当成紧急情况下请求其他人行个方便的事情。比如紧急情况下你可以取消牙医预约，也可以跟挡在你前面的人说“抱歉，我要赶去看牙医”，然后继续前行。放在写作上，你就可以给电脑取个名字，然后在推掉别人邀约时说：“抱歉，我下午已经约了麦斯韦尔。”

尊重写作这件事。这是一种信念，哪怕只是装装样子，哪怕你根本不是这样想的。写作是你的权利，即使你的作品至今尚未得到认可。

一旦有了时间，要竭尽全力保证写作事业不受干扰，此外还要做一件更难的事情：不吝于浪费时间。不要做与写作无关的其他事情，不到万不得已不要离开写作的地方，就坐在那儿，哪怕读读诗也好，或给自己留一些时间思考。如果能静坐两小时，你多少会有点写作灵感，哪怕只将阻止你继续创作的障碍罗列出来。你还得定下写作规则，例如我允许自己查收电子邮件（不查看也不现实），但只看不回，除非是给好友回上一两句话。我不喜欢浏览网页，上网对有眼疾的人而言简直不能忍；如果你喜欢上网，就需要对自己做出限制和保障措施，甚至需要动用技术手段，暂时锁定或关闭网络。可能你会因未能遵守规则而轻微自责，这是没问题的——适度的自我厌弃对强制性写作是有帮助的。不过，如果你无法在两个小时之内进入写作状态，那就考虑换个写作地点或环境吧，以保证全神贯注。离开家里往往会有帮助。但如果咖啡馆里有无线网络，千万别问密码。

保持愉悦

一旦进入状态，写作本身是令人愉悦的——起码对我来说如此。但写作的周边事宜往往令人不快，包括贯穿整个创作过程的思虑以及对出版发行的担忧。如何解决这种不快呢？铭记一点：我们不只是作家，还是文字工作者——这是已故的本宁顿艺术硕士班创始人兼院长利亚姆·莱科托说的。我们是与文字打交道的人——事实证明，铭记这一点对我们有诸多好处。此外，保持愉快可以使你变得强大，不至于太过多愁善感。写作会让人快乐，毕竟写出更多优秀的作品是作家的职责，也是他们的目标。

我认为，成为文学王国的一员——而非孤军奋战——才是人们参与艺术硕士课程的主要原因。你能够发掘、购买、阅读一些籍籍无名的作家的作品，分享给其他人，并从中获得快乐。你可以跟朋友约定互荐作品，也可以写写文学评论和随笔——尽管此类作品不像过去那么好发表，但终归还有发表空间，直接发布在网站或博客上也行。

文学界的从业者们还可以从编辑工作和写作教学中汲取快乐。当你为别人的作品提供建设性意见时，你也能从中获得力量，从而支撑自己走出创作生涯的低谷。在我居住的小城有一个组织，每年都会在仅有的几次大型活动时派出志愿者，帮助高中生写大学申请。也许你所在的团体也有类似活动。你可以选一本喜欢的杂志，申请成为读者初审员，但别把这当成一份苦差；也可以创办一本杂志，甚至一家小型出版社（我知道有人已经这样做了），或者申请去某家杂志社或出版社做义工；你还可以跟别人合伙开办联名或合作出版社；找找印刷行业的熟人，在那儿代代课、筹筹钱或力所能及地帮点忙也是个好办法。

如果你喜欢为其他作者的创作提供帮助，也可以去当写作教师。我觉着没什么比这更享受了，何况有些人就是喜欢给人上课。在监狱里给犯人上写作课、在学校组织写作社团、去精神病患社团或养老院开设写作课程，这些都能带来极大满足感。小儿子一年级时，我用了几周时间教授一、二年级学生如何写故事——孩子们只在硕大的纸上写两行字，剩下的地方画满图画。我与他们讨论写作，发现他们的认知与成年人出入不大。写作果然不分年龄。

即使没有作品出版发行，你也有可能在社区大学里谋得一份写作教师的职位，或在四年制大学中觅得一份兼职写作教师的差事。你可以给当地每所大学都投一份简历，一旦有工作空缺，他们就会给你打电话。要想成为大学里的终身制全职写作教师，你需要发表大量作品，至少要有艺术硕士学位，有时甚至需要博士学位，此外还得搬至大学所在地居住。对我来说，短期进修课程虽然薪酬低、没福利，但却是不错的选择——每年只在学校所在地工作三个星期，其他时间可以在家里通过邮件工作。

成为作家还意味着参与到作家群体与其他组织的互动中，比如国际笔会、地方性艺术委员会、图书馆以及学校发起的对作家有益的组织。毫无疑问，成为作家的好处远比我所能罗列的多得多。但作家自身要有所作为，有实际行动才能收获自豪感。

除了做写作教师之外，我作家生涯中最快乐的一段经历就是与两位非作家的女士共同策划了一本关于流浪者的书。一位女士负责采访无家可归（或曾经无家可归）的流浪者；而另一位女士经营着一家小公司，是她构思出了这个方案，也是她负责筹集资金，邀请流浪者安置人员讲他们的工作内容，并让包括我们在内的该书全体参与者回答“家是什么？邻居是什么？社区是什么？”这几个问题。我负责文字编辑——删减词句和校对语法。这本书（*As I Sat on the Green: Living Without a Home in New Haven*）由一家收容中心出版发行。

我作家生涯中另一次美好的经历，是与另外三位女士共同开办了为期五年的晚间读书会系列活动。在纽黑文市区安可酒吧的地下室，我们每月都会举办一次读书会，读小说、诗歌，偶尔还有纪实类图书。我们还邀请了喜欢的作家前来参加并朗读文本——对此我们心怀歉意，因为这是无偿的，但每位受邀作家都欣然应允；有时，还有作家主动询问可不可以来参与朗读。我们会请参与者去平价餐馆吃饭，由我们四个组织者自掏腰包，虽然本可以申请补助或募集捐款，但那样太耗费心神了。要是参与者来自外地，我们就留他们到家里住。我一般会安排外地的作家在我家三楼休息，然后烤些司康饼当早餐。五年来我们共邀请了八十四位著名作家，观众们的整体素质也都很棒。人们喜欢在酒吧聆听优秀作品的朗读，要是喝了点儿酒，反应会更热烈。因为选在了顾客较少的周二晚上举行活动，酒吧方面也很欢迎。我们邀请过的作家有功成名就的老将、冉冉升起的新星，也有知名度与作品不成正比的低调派。我们的合作很愉快——制定计划、接洽作家、写宣传稿、给予介绍。我们甚至都没有麦克风和讲台，只有一个乐谱架——我们将其称为玛蒂尔达——把它搬到酒吧地下室，场地就成了；有时我们会把它落在饭店，还得去取回来。所有参与过读书会系列活动的人都会乐在其中。钱是好东西，但做这样的事情更有意义。事实上，我认为付出劳动都该得到报酬，作家给我们和观众带来启发，在这一过程中他们自身也会得到一定启发。我们应该尽力取得报酬，也应该付给别人报酬，但报酬并不是唯一的目的。永远不要先入为主地认定作家会因为钱少或没钱而拒绝，我们所做的也不过是试着发出邀请，再烤点儿司康饼。

最重要的一点是，作为作家，你要有自己的小圈子，也就是你的朋友们。他们的意义不仅在于赞扬或批评，更在于鼓励并督促你完成创作。“你的朗读会就来了两个人？这不是事儿！我的朗读会压根儿没人来！”你需要作家朋友，没人比他们更懂写作的个中苦乐。你需要他们推荐书目，需要他们记住你的作品并在几个月后加以谈论，需要他们吐槽那位拒绝你稿件的编辑，需要他们在你达成所愿后共同庆祝。有时你也许会嫉妒某个作家朋友，但只要你能直面自己的嫉妒情绪，其实也无可厚非。激励自己“我也要这样！”，并敞开心扉为朋友高兴。记住，如果朋友的作品得到了不同凡响的回报——赞誉、出版、奖项——那你肯定也不赖。

写作必然是孤独的。创作时我们都需要独处，这样作品才能触动他人（即读者）的孤独。通过努力，再加上好运的加持，把个体隐秘、转瞬即逝的想法转变成看得到的文字，潜入读者的意识世界，形成共鸣，刺探读者心中的私密之处，建立起一种形象。读者与作家脑海中的意象可能不尽相同：作家意识里的门把手是圆形的，但由于作者没有明确描绘，所以读者想象出来的可能是奶奶家那种椭圆形的。不过，门把手的形状并不妨碍读者在阅读和感知中捕捉问题的关键——后门一下子开了，望着天空的男子回过神，看到一只系着白色鞋带的红色小运动鞋。他信步走到阳光下……此时的作家和读者做着同样的事情——窥探。读者窥见了人性的神秘莫测，命运的悲喜交加。作家则从自己的孤独走向另一个人的孤独。写作就是个孤独的行当，所以我们不嫌朋友多。

写作那些事儿

写作时我们要尽力保持头脑清醒，有自知之明，对一切了然于胸，就像打算买一台新冰箱的那种心情。但这也不太可能——如此透彻明晰不太现实。不妨把写作想象为收养猫狗、洽谈工作或保持健康之类的事情，然后以清醒、自持、明晰的态度来看待。大多数作家都足够理智，却往往无法有所成就，因为他们将身为作家的价值建立在写作之外的成功上，过于在意其他东西，而忽视了写作的基本面，比如不放过任何机会去争取赞誉、目标不切实际。可以志存高远，但也要考虑自身能力和现实情况。

大儿子刚上幼儿园时，我找到一份兼职教师的工作，给一个班级上了一学期课，此后我将写作、育儿和教书结合起来，再次把自己定位为英语教师——那是我生孩子前的老本行——每年工作一学期。但几年之后，我的课在临开学时突然被取消。尽管薪水不高，经济损失不大，但我颇受打击。我思虑着如果不做老师，如果一个电话就能停掉我的工作，那么我是谁？然后我才意识到，自己早已不是全职教师了。也许可以当作家？但我的诗歌只有寥寥几首得以发表，短篇小说一篇没发。这个问题困扰了我好几周，我甚至思考了一下当作家的弊端，还总结出八条劣势（多年前的我只能想出这八条）：没钱；没尊严；作品反馈周期长；没有机构帮助自己入门；没有秘书或助理帮你挡掉不必要的干扰（“抱歉，她正在开会，不太方便。”）；作品不一定有价值；即使有价值，为正在创作的作品所投入的时间是否能得到相应的产出也不一定；没有一起共事的人。即便有这么多弊端，我仍决定要当一名作家。而事实证明，有些弊端慢慢会自行消失。孩子长大后干扰变少了，而漫长的大学假期中干扰又会增加（有些打扰是值得的），在他们成年后干扰会再次减少；父母身体每况愈下，干扰多了起来，如今父母已去世多年，却又有了孙辈……但我喜欢和孙辈在一起的时光，而这基本也不会占用写作时间。我在学校结交了同事，也独立摸索出了如何开始写作生涯，偶尔还能赚得钱财、赢得尊重。弊端似乎都搞定了。

但身为作家的好处可说不完：写的乐趣；文字的乐趣；

讲故事的乐趣……很多人不喜欢写作，而你我却以此为乐，至少某些时候乐在其中。我们的乐趣就在于什么事情也不能阻止我们写下去。希望你能有更多时间去写作。

最后，要有蓬勃的事业心。无论是困倦来袭、脑子不转时，还是心态低落、脆弱无比时，都别停笔，尤其是在创作初稿的过程中。让自己暂时远离各种干扰，可以强制执行规定和计划，要么离家出走，要么大声地播放音乐以屏蔽房间外的噪音，然后想到什么写什么，疯狂的、尴尬的、零碎的、强烈的、混乱的通通都记下来。作品的独创性和意义取决于你能在多大程度上释放内心的想法，以及那些你自己都未能察觉且不愿面对的潜意识。肆无忌惮地冒险，然后耐心谦虚地修改。把结实的长线系在风筝上，选一年中风最大的那天出门放飞，看看到底会怎样。

致　谢

Acknowledgments

感谢本宁顿学院艺术硕士班的同学们，感谢那些我从未教过、但却成为了朋友的学生和校友，也感谢我在其他地方遇到和教过的作家们。感谢你们精彩的想法，感谢你们愿意将它们表达出来。是你们给予我启发，教会我许多东西。

感谢本宁顿学院的同事，一帮永远值得我学习的天才。

感谢我无与伦比的经纪人佐伊·帕格纳门塔建议我写这本书。还有卡罗尔·德桑蒂、克里斯托弗·罗素，才华横溢又善良的编辑。感谢林恩·巴克利设计了护封，南希·雷斯尼克设计了内封。

还要感谢阅读初稿、提出建议并鼓励我的人：阿普里尔·伯纳德、苏珊·哈斯曼·宾汉姆、唐纳德·霍尔、苏珊·霍拉汉、爱德华·马蒂森（读了上千遍临时手稿和部分初稿）和桑迪·卡恩·谢尔顿。

感谢克雷格·斯克拉博士帮我治疗眼疾，威廉·帕杜拉博士帮我配眼镜，让我能够继续读写。

“沉默，还是开口讲出来”的内容以2007年1月我在本宁顿学院的课程讲稿为基础整理而成，在此献给利亚姆院长，他是本宁顿学院艺术硕士班的创始人和第一任院长，也是一位充满激情的言论自由倡导者。

感谢尼娜·马蒂森为第八章起了这么多好名字：克拉斯科、安格蒂诺、凯驰纳瑞和雅丽；感谢家人给的好建议，感谢你们带给我欢笑，给我技术上的支持，还有你们的善意与关爱。

感谢史蒂芬妮·奈伦想出“虐待才智”这个有用的短语。

图书在版编目（CIP）数据

写作课：何为好，为何写不好，如何能写好 / (美)艾丽斯·马蒂森著；王美芳，李杨，傅瑶译. -- 北京：北京联合出版公司，2017.8（2022.9重印）

ISBN 978-7-5502-9562-9

Ⅰ.①写… Ⅱ.①艾… ②王… ③李… ④傅… Ⅲ.①文学写作学 Ⅳ.① I04

中国版本图书馆 CIP 数据核字（2017）第 115712 号

北京市版权局著作权合同登记 图字：01-2017-4008

写作课：何为好，为何写不好，如何能写好

作　　者：[美] 艾丽斯·马蒂森（Alice Mattison）
译　　者：王美芳　李　杨　傅　瑶
出 品 人：赵红仕
出版监制：刘　凯　马春华
选题策划：联合低音
责任编辑：唐乃馨　徐　樟
封面设计：7拾3号工作室
内文排版：聯合書莊

关注联合低音

北京联合出版公司出版
（北京市西城区德外大街83号楼9层　100088）
北京联合天畅文化传播公司发行
北京美图印务有限公司印刷　　新华书店经销
字数165千字　880毫米×1230毫米　1/32　9印张
2017年8月第1版　2022年9月第9次印刷
ISBN 978-7-5502-9562-9
定价：60.00元